로크미디어가
유혹하는
재미있는 세상

ROK
MEDIA
로크미디어

천외천의 주인 28

2022년 10월 6일 초판 1쇄 인쇄
2022년 10월 12일 초판 1쇄 발행

지은이 한수오
발행인 김정수 강준규

기획 이기헌 왕소현 박경무 강민구 조익현
책임편집 오영란
마케팅지원 이원선

발행처 (주)로크미디어
출판등록 2003년 3월 24일
주소 서울시 마포구 성암로 330 DMC첨단산업센터 318호
Tel (02)3273-5135 **편집** 070-7863-8596 **Fax** (02)3273-5134
홈페이지 rokmedia.com **E-mail** rokmedia@empas.com

ⓒ 한수오, 2020

값 8,000원

ISBN 979-11-354-7448-4 (28권)
ISBN 979-11-354-8621-0 04810 (세트)

한수오 신무협 장편소설

28

천외천의 주인

| 복마전伏魔殿 |

차례

무적자 無敵者 (1)

그때 설무백은 응천부에서 최고의 기원으로 꼽는 가가원에 도착해 있었다.

가가원은 여전했다.

삼면을 두른 장강의 물결도 여전히 푸르렀고, 깎아지른 절벽의 아슬아슬한 절경도 변함이 없었으며, 인간이 누리고 싶어 하는 모든 향락을 두루 다 해결할 수 있는 거대한 규모와 호화로움에 빠져서 모여든 사람들도 여전하게 바글거렸다.

그리고 또 여전한 것이 있었다.

삼절가인이라는 가가원의 예기 하화의 미색과 그녀가 연주하는 해동의 단소 연주, 그리고 오동나무로 짠 타원형의 몸에 네 줄과 열두 기둥으로 만든 사현의 당비파 연주에 홀려서 몰려든 사내들도 여전히 많아서 지난날의 그 누각도 그날처럼 만석이었다.

설무백과 그 일행은 그 틈에 끼어서 하화의 연주를 들었다.

결국 누구도 선뜻 나서지 않은 황궁 감시는 평소에도 홀로 움직이길 마다하지 않는 잔월에게 돌아가서 지금 그의 곁에는 검노와 쌍노, 철각사, 철면신, 검영, 독후, 검매, 공야무륵, 그리고 모습을 드러낸 요미 등, 아홉 사람이 앉아 있었다.

남녀노소, 저마다 다 독특한 차람이고, 애꾸에 쇠로 만든 다리를 가진 사람도 있으며, 얼굴의 반을 철가면으로 가린 사람도 있는데다가, 네 명의 여인은 하나같이 하화와 버금가는 절색의 미인이라 좌중의 모두가 연신 힐끗거렸으나, 설무백은 내색을 삼가고 하화의 연주에 집중하려 애썼다.

사전에 아무런 연락도 없이 불쑥 방문한 불청객이라 그렇게 기다릴 수밖에 없었다.

그들 일행이 누각에 도착했을 때, 그녀는 막 연주를 시작하고 있었고, 그들의 자리도 사실은 그들의 험악한 인상에 다른 사람들이 슬금슬금 피해서 얻게 된 자리였다.

그러나 세상은 요지경 속과 같고 그 속에 사는 사람은 천태만상이라 제아무리 천상의 연주와 버금가는 가악(嘉樂)도 듣기 싫어하는 사람이 있는 법이다.

설무백의 일행 중에도 그런 사람이 있었다.

그것도 두 명이나 되었다.

외모로 봐서는 절대 그럴 것 같지 않은 두 사람, 요미와 검영이 그랬다.

내내 시큰둥하게 하화가 아니라 주변을 두리번거리고 있던 그녀들이 결국 불편함을 드러냈다.

"얘들은 지금 세상이 어떻게 돌아가는지 모르나? 대체 이 시국에 여기서 이게 무슨 짓거리지? 귀 밝은 놈이라면 여기서도 사람 죽어 나가는 소리가 들렸을 텐데 말이야."

"모르는 게 아니라, 모르는 척 외면하는 거지."

요미의 툴툴거림에 검영이 맞장구를 치고 나섰다.

"자기는 그런 것과 무관한 사람이다. 권력도 싫고, 명예도 바라지 않으나, 세상이 어찌되든 나만은 그저 고고하게 살 거다. 그러니 부디, 제발 건드리지 마라. 그러면서 한마디로 주색잡기에 빠진 겁쟁이다 이거야."

"아, 어쩐지 그래서 애들 낯짝이 다 그렇고 그렇구나."

"그래? 난 또 그건 몰랐네? 뭐가 어떻게 그렇고 그렇다는 건데?"

"봐, 다들 얼굴은 골아서 허여멀건데 눈빛은 핏발이 곤두서서 붉으죽죽한 생선 눈깔 같잖아. 머릿속이 온통 재를 어떻게 한번 자빠트려 볼까 하는 생각뿐이니 저러지 않겠어?"

"호호, 이제 보니 그러네. 우리 동생 정말 사람 보는 눈이 있구나?"

그녀들, 요미와 검영의 대화는 비록 소곤거리는 것이긴 해도 주변 사람들이 듣지 못할 정도로 작은 목소리가 아니었다.

게다가 바보가 아닌 다음에야 그녀들이 말하는 쟤가 연주를 하는 하화이며, 붉으죽죽한 생선 눈깔인 것이 자기들을 지칭한다는 것을 모를 사람은 없었다.

그러니 주변 사람들 모두의 얼굴이 서서히 혹은 대번에 썩은 대춧빛으로 변해 버리는 것은 필유곡절이요, 당연지사였다.

그뿐 아니었다.

그들만 있는 자리였다면 아마도 조용히 넘어갔을지도 모르지만, 지금은 그렇지가 않았다.

지금 그들의 곁에는 평소 죽어라 흠모하는 하화가 있었다.

제아무리 그녀들이 요상하고 괴상하게 험상궂은 사내들의 일행이라 할지라도 실로 나서지 않을 수 없는 일이었다.

그녀들이 그들을 두고 하화를 어떻게 한번 자빠트려 볼까 생각하느라 붉으죽죽하게 핏발이 곤두선 자들이라고 했으니, 가만히 침묵하고 있으면 정말 그런 사람이 되어 버리는 것이다.

"거 뉘 집 여식인지는 몰라도 입이 정말 걸군. 말본새를 보니 우리들이 취하는 음률과는 거리가 먼 것 같은데, 예의 없이 남의 도락(道樂)을 방해할 생각하지 말고 그냥 조용히 이 자리를 나가는 것이 어떤가?"

누각의 저편 끝자락에서 벌떡 일어난 장한이었다.

귀공자처럼 화려한 복장이고, 자못 기품 있는 말투로 격식을 차려서 충고하는 것 같지만, 눈빛에는 애써 누른 불통이 보이고, 여차하면 여자라도 한 대 칠 것처럼 두 주먹을 불끈 쥐고 있었다.

그런 걸 놓치면 요미가 아닐 것이다.

그녀의 입가에 사악한 미소가 번졌다.

"사팔뜨기 너! 아까부터 나를 여덟 번이나 힐끔거렸지? 음률에 취한 놈이 대체 왜 그렇게 굶주린 개새끼가 떡 보듯이 나를 힐끔힐끔 쳐다본 거냐?"

사람이 예기치 않게 놀라고 당황하면 본색이 드러나기 마련이다. 장한도 예외가 아니었다.

"아, 아니 내가 언제 힐끔힐끔 쳐다봤다고……! 저, 저년이 아주 생사람을 잡네! 네 이년……!"

말이 끝나기도 전에 장한의 입에 요미의 발이 날아가 박혔다.

요미와 장한의 거리는 서너 장 이상이었는데, 여기 있던 요미가 눈 깜짝할 사이에 저기 나타나서 장한의 입에 발을 쑤셔 넣고 있었다.

콱-!

둔탁한 타격음이 장내를 가로질렀다.

장한은 피를 뿌리며 누각 밖으로 날아가서 십여 장이나 떨어진 연못에 처박혔다.

요미는 장한이 서 있던 자리에 서서 손을 털며 말했다.

"거짓말도 부족해서 욕까지 했으니, 맞아도 싸지!"

모두에게 들으라고 하는 소리 같았으나, 사실은 설무백에게 하는 변명이었다.

설무백이 그녀를 쳐다보고 있었던 것이다.

절로 한숨을 내쉰 설무백은 고개를 저으며 그녀를 외면했다.

요미는 그것을 묵인으로 받아들인 듯 한층 더 기세가 올라서 장내를 훑어보며 외쳤다.

"또 누구 내게 할 말 있는 사람 있어?"

있을 리가 없었다.

방금 그녀가 드러낸 능력은 어지간한 고수가 봐도 혀를 내두를 경지였다.

지금 장내에는 그런 어지간한 고수가 없는지 다들 겁에 질려서 구석으로 몰리고 있었다.

그때 연주를 멈춘 하화가 나섰다.

"그만두세요. 남의 가게에 와서 이러면 어쩌자는 겁니까?"

요미가 말똥거리는 두 눈으로 하화를 쳐다보며 반문했다.

"내가 잘못했다고 생각해?"

하화가 요미의 당당함에 오히려 무색해진 표정이 되었다.

"아니라는 건가요?"

"당연히 아니지."

요미가 거침없이 잘라 말했다.

"우리 오라버니가 이 시국에 무슨 일로 여길 찾아왔다고 생각해? 그게 어떤 일인지는 모른다고 쳐도, 여기서 그렇게 같 잖은 멋이나 부리고 앉아서 침이나 흘리고 있는 애들 귀 호강 시켜 주는 것보다 못한 일일 것 같아?"

하화가 한 방 맞은 표정으로 굳어졌다.

그냥 자기 성질에 못 이겨 깽판을 친 것 같은 요미의 행동에 는 그녀가 무심코 간과해 버린 심오한 이유가 있었던 것이다.

"미안해요. 제가 너무 생각이 짧았네요."

하화는 담백하게 바로 사과하고 돌아서서 좌중을 향해 더 없이 정중하게 고개를 숙이며 말했다.

"죄송합니다. 오늘은 이만하는 것으로 하죠. 제가 그만 중요 한 일을 깜빡 잊고 있었네요. 대신 다음에 오시면 오늘 부족했 던 것에 더해서 배로 연주할 테니, 부디 오늘은 너그럽게 용인 해 주시고 돌아가 주시길 바라요."

좌중의 사람들이 알았다는 둥 그러라는 둥 하며 허둥지둥 누각을 빠져나갔다.

아무리 봐도 그녀의 부탁과는 상관없이 누각에 남아 있고 싶어 하는 사람은 없어 보였다.

그렇게 누각에 있던 사람들이 다 나가고 설무백 일행만 남 자, 하화가 설무백에게 다가와서 다소곳이 인사했다.

"볼 때마다 사고를 친다고 나름 사납게 따지려 했는데, 아무 래도 오늘은 제가 실수했네요. 죄송합니다."

고개 숙이는 그녀의 뒤에서 요미가 보란 듯이 으스대고 있었다.

설무백은 픽 웃다가 하화가 고개를 들자 애써 정색하며 말했다.

"다름이 아니라 부탁이 있어서 왔소."

하화가 물었다.

"저의 다른 신분에게 말이죠?"

"그렇소."

"갑자기 정중하게 나오시니, 무슨 부탁인지 듣기가 두려워지네요."

"두려워도 들어야 하오."

"그래야겠죠. 여기까지 오셨는데. 어서 말씀해 보세요."

설무백은 늘 그렇듯 거두절미하고, 사안을 돌리지 않고 단도직입적으로 말했다.

"천군이 전면에 나서 주었으면 하오. 천군이 실로 작금의 황실을 지키려는 목적을 가지고 있다면 그렇게 해 주시오."

"전면에 나선다함은……?"

"말 그대로 어둠에 숨어 있지 말고 밝은 곳으로 나오라는 소리요."

"우리보고 황궁의 지휘를 받으라는 건가요?"

"그렇소."

하화가 적잖게 놀란 기색으로 변해서 고개를 저었다.

"그건 저 혼자 결정할 수 있는 문제가 아니에요. 그날은 제가 귀공에 대해 아는 까닭에 나섰고, 다른 분들도 그걸 알고 용인해 주었지만, 실제 저의 위치는 천군에서 그리 높지 않습니다."

설무백은 무심하게 그녀의 말을 받았다.

"당신이 천군에서 어느 위치에 있는지는 상관없소. 그건 내게 전혀 중요하지 않소. 나는 다만 천군인 당신에게 천군이 전면에 나서기를 바란다는 부탁을 하고 있을 뿐이오. 당신이 그럴 수 있는 위치가 아니라면 그럴 수 있는 위치의 사람에게 내 얘기를 전해 주면 되는 거요."

하화가 안색이 살짝 굳어지며 설무백과 시선을 마주했다.

"꽤나 고압적으로 들리는 말이네요. 혹시 제가 귀공의 부탁을 들어줄 수 없다고 하면 어떻게 되는지 물어봐도 될까요?"

설무백은 대수롭지 않게 대답했다.

"부탁이 아니라 권고로 바뀌게 될 거요."

하화가 완전히 굳어진 안색으로 말꼬리를 잡았다.

"만약 그 권고마저 거절한다면요?"

설무백은 어디까지나 태연하게 대답했다.

"그때는 협박으로 바뀔 테지. 당연히 실력 행사가 뒤따를 테고."

하화의 눈가에 파르르 경련이 일어났다.

놀람과 분노가 뒤엉킨 반응으로 보였다.

설무백의 평대가 다시 예전처럼 하대로 바뀐 것도 단단히

한몫을 했을 것이다.

설무백은 어디까지나 무심한 눈빛으로 그녀의 시선을 마주하며 말을 덧붙였다.

"참고로, 천군이 거절한다면 나는 황제가 아니라 황실을 수호한다는 천군의 사명을 믿지 않을 거야. 그리고 그런 조직은 차라리 없는 것이 낫다고 판단할 거다."

협박도 이런 협박이 없었다.

실력 행사가 뒤따를 거라는 말을 여지없이 증명하는 것 같은 협박이었다.

하화가 말을 하려다가 참고 다시 하려다가 그만두더니, 길게 한숨을 내쉬며 물었다.

"언제까지 답변을 드리면 될까요?"

설무백은 사전에 생각해 둔 것처럼 바로 대답해 주었다.

"내일도 당신이 여기서 연주를 한다면 천군이 내 부탁을 받아들인 것으로 알겠어."

역으로 말하면 천군이 그의 부탁을 거절한다면 그녀에게 내일 여기서 연주를 하지 말라는 소리였다. 또한 그것은 한편으로 연주할 시간에 자신과 싸울 준비나 하는 것이 좋을 거라는, 전혀 우호적이지 않은 충고이기도 했다.

재미있는 것은 그런 그의 충고를 요미가 다르게 해석했다.

"하하, 역시 오빠도 이 시점에 쓰레기들의 귀나 호강시키고 있는 저 여자가 마뜩찮았던 거네. 하하……!"

설무백은 불쑥 끼어든 요미에게 슬쩍 눈총을 주긴 했으나, 굳이 나무라지는 않았다.

돌이켜 보니 무의식중에 정말 그랬을 수도 있다는 생각이 들었다.

하화가 그때 요미를 일별하며 말했다.

"정말 놀랍군요. 여차하면 내일 당장 천군과 싸울 수도 있는 마당에 어떻게 이리도 태연할 수 있는 건지, 실로 저로서는 이해 불가네요. 그래서 더 두렵기도 하고요."

설무백은 자리를 털고 일어나서 돌아서며 대수롭지 않게 대답했다.

"이해하지 말고 그냥 적응해. 그게 편해."

하화가 잠시 머뭇거리다가 이내 다급히 뒤따라 나서며 물었다.

"정말 그것 말고는 다른 선택이 없는 건가요?"

설무백은 누각을 내려가며 짧게 대답했다.

"없어."

그리고 잠시 여유를 두었다가 발길을 멈추고 그녀를 돌아보며 피식 웃는 낯으로 한마디 더했다.

"사실은 나도 여유가 없어서 그래."

"진심인 거요?"

천군의 결정을 확인하기 위해서 이번에도 어쩔 수 없이 일행 중 한 사람인 환사를 남겨 두고 가가원을 벗어나는 길목이었다.

설무백은 한치 앞을 모르게 돌아가는 중원의 정세를 돌이켜 보느라 남경제일의 절경이라는 연자기의 풍광도 눈에는 들어오지 않아서 묵묵히 발길만 옮기고 있었는데, 슬쩍 곁으로 다가온 철각사가 넌지시 묻고 있었다.

"천군이요?"

설무백의 반문에 철각사의 얼굴에 홍조가 떠올랐다.

못내 쑥스러운 표정이었다.

이어서 나온 대답이 그 이유였다.

"우리네들에게 천군은 전설이었소. 강호무림과 황궁을 축으로 하는 관부는 서로 건드리지 않는다는 묵시적인 언약에 따라 애써 외면하고 살았으나, 그들의 특성상 뭐랄까? 황제만큼이나 경외하는 대상이었지."

설무백은 과거 강호무림을 호령하던 노강호인 철각사의 심중을 능히 헤아리며 대답했다.

"그만큼 시대가 변했다는 뜻이지요. 하물며 강호무림과 관부가 서로 관여하지 않는다는 불문율은 관부가 아니라 무림이 주장하는 얘기가 아닙니까. 관부는 진작부터 무림의 일에 관여하고 있었지요."

사실이었다.

갖은 이유를 붙여서 무도한 흑도를 탄압한 것은 차치하고, 필요에 따라 강호무림의 인재를 등용해서 썼다.

지방 관리만이 아니라 중앙 권력의 중심 기관에서도 대놓고 부리는 육선문이 그 대표적인 예일 것이다.

"개인이든 조직이든 그것을 옹호하는 단체가 있다면 저는 이유 여하를 막론하고 그들을 강호무림에 사는 동도로 규정합니다. 강호무림이 어디서부터 어디까지냐고 물으면 선뜻 대답할 수 없는 이유가 바로 그들마저 포함하고 있기 때문이라고 생각하니까요."

"……."

철각사가 잠시 물끄러미 그를 바라보다가 이윽고 절레절레 고개를 흔들었다.

"아무래도 나는 모르겠구려. 분명 약관을 넘어선 청년인데 어찌 산전수전 다 겪은 노회한 늙은이처럼 보이는지 정말 알다가도 모르겠소."

"저 말입니까?"

"또 누가 있겠소."

설무백은 문득 물었다.

"아까 제가 하화에게 했던 말 기억하세요?"

철각사가 잠시 기억을 더듬는 듯 눈을 끔뻑이다가 이내 쓴 웃음을 지었다.

"이해하지 말고 그냥 적응해라?"

설무백은 피식 웃었다.

"예, 그겁니다."

철각사가 더 말해 무엇 하겠냐는 듯 무색해진 표정으로 물러났다.

그런데 이번에는 검노가 그의 곁으로 다가와서 물었다.

"보시오, 젊은 주인. 나도 궁금한 게 하나 있소."

설무백은 턱을 당기며 의아한 표정으로 검노를 바라보았다.

"오늘 무슨 날입니까? 새삼 왜들 이러세요?"

검노는 진지했다.

"새삼이 아니라 아무리 생각해도 도무지 이해할 수 없는 것이 있어서 그렇소."

설무백은 한숨을 내쉬며 고개를 끄덕였다.

"말해 보세요."

검노가 말했다.

"흑사평인가 적사평인가 하는 곳에 주둔한 황군의 본영을 치는 북평왕부를 도우러 갔을 때 말이오. 내가 천사교의 십이신군 중 하나인 오두신군이라는 놈과 겨뤄 봤는데, 정말 쉽지 않더이다. 쌍노의 도움이 없었다면 낭패를 당했을지도 모르오."

설무백은 미처 질문이 다 끝나기도 전에 이미 검노가 무엇을 궁금해하는지 짐작하며 어색한 미소를 흘렸다.

검노가 그걸 느낀 듯 재빨리 본론을 꺼냈다.

"그런데 주인이 십이신군의 둘을 가볍게 제압해서 거적때기로 만들어 버렸다는 얘기를 들었소. 나는 실로 이해할 수 없소. 나는 주인과 백초 이상을 겨룰 수 있다고 자부하오. 그런데 대

천외천의
주인

체 어떻게 그런 차이가 있을 수 있는 거요?"

설무백은 내심 이건 검노만이 아니라 모두가 알고 있어야 할 사안이라는 생각이 들었다.

그는 모두를 둘러보며 이목을 모았다.

"다들 잘 들으세요. 그간 저도 무심코 간과하고 있었는데, 아무래도 이 문제는 모두가 다 알아야 할 사안 같네요."

모두의 이목이 집중되자, 설무백은 다시 말했다.

"저도 얼마 전에야 비로소 깨달은 사실인데, 저는 상대적으로 마공을 익힌 자들에게 강합니다. 그 이유는 이미 아시는 분도 있겠지만, 제가 전에 우연찮은 얻은 천마십삼보의 하나인 천마령의 기운 때문입니다. 천마령의 기운이 마기를 억제하고, 제가 감당할 마공의 수위를 낮춥니다. 상대의 무공이 약해지는 것이 아니라, 제게만 그렇다는 겁니다."

그는 이제야 검노에게 시선을 주며 말을 이었다.

"그게 이유입니다. 그러니 앞으로는 주의를 기울이세요. 제가 상대하는 마졸과 노야가 상대하는 마졸은 같은 사람일지라도 다른 사람이라고 생각해야 할 겁니다."

"그저 무지막지하게 강하다고만 생각했는데, 거기에 또 그런 사연이 있었구려. 난 또 주인이 우리에게까지 본신의 능력을 감추나 해서 섭섭할까 했지. 하하하······!"

검노가 이제야 납득한 표정으로 크게 웃었다.

그사이 철각사가 무언가 말하고 싶은 것이 있는 듯 설무백을 쳐다보다가 이내 슬며시 외면했다.

설무백은 와중에도 철각사의 시선을 인지했고, 그 이유도 능히 짐작이 갔지만, 철각사처럼 그도 철각사의 그런 눈치를 외면했다.

그에 대한 내력은 아직 그 무엇도 확신할 수 없었다.

충분히 가능한 얘기이고, 그 역시 일정 부분 공감하는 바이나, 철각사가 생각하는 것처럼 그에게는 그런 사연이 그다지 중요하지 않았다.

그의 육체는 천마공자의 핏줄일지 몰라도 그의 정신은 전생과 이어진 무혁의 것이기 때문이다.

'밝힌다고 이해할 수 있는 일도 아니고……!'

전생의 기억을 가지고 환생했다.

지금 육체는 다른 누구의 것일지 모르나, 정신은 전생의 나다.

누가 믿을 것인가?

미쳤다고 생각하며 거리만 멀어질 터였다.

설무백이 그렇게 생각을 정리하며 대화를 끝내고 돌아서는 참인데, 저편에서 빠르게 다가오는 두 사람이 있었다.

검노가 다가오는 두 사람을 알아보며 말했다.

"쟤들은 정말 신기하게도 주인의 위치를 잘 찾는군."

다가오는 두 사람은 일남일녀, 하오문의 구룡자 중 북평을 관할하는 흑비희와 구룡자의 예하에서 하오문도들을 관리하는 십이재의 수좌인 일청도인이었다.

"하루에 한 번씩 저들이 내 위치를 알 수 있도록 표식을 남겨. 안 그래도 잘 찾아올 테지만, 혹시 몰라서."

"아……!"

검노가 납득하는 사이, 설무백은 두 사람, 흑비희와 일청도인을 맞이했다.

"무슨 일이지?"

흑비희가 하오문도만의 인사법인 한손을 가슴에 대고 고개를 숙이며 말했다.

"주군께서 아셔야 할 일이 몇 가지 있습니다."

고개를 든 그녀는 주변 사람들을 둘러보았다.

설무백이 알아야 할 일이 어디 한두 가지이겠는가.

보통은 하오문도들을 통해서 쪽지를 남기는 것으로 처리하는 것이 상례인데, 이렇게 직접 찾아왔다는 것 자체가 보통 일은 아니라는 뜻이었고, 그녀가 주변 사람들을 둘러보는 것도 그 때문이었다.

여기서 그냥 얘기해도 되는지를 묻는 것이다.

설무백은 허락했다.

"낯선 사람들도 있을 테지만, 다 한식구니 괜찮아."

흑비희가 그제야 보고했다.

"북평의 본가에 침입자가 있었습니다."

설무백은 안색을 바꾸었다.

북경의 본가에 침입자가 있었던 것은 어제오늘 일이 아니었다.

그간 숱하게 벌어진 일이고, 전부 다 보고를 받았었다.

그는 진작부터 하오문으로 하여금 북경의 본가를 살피라고 지시해 놓았던 것이다.

그런데 새삼스럽게 이렇듯 직접 찾아와서 보고할 이유가 어디에 있을 것인가.

그만큼 이번에는 사안이 다르다는 얘기인 것이다.

"누구지?"

흑비희가 대답했다.

"쾌활림의 흑사자들이었습니다."

"음."

설무백은 절로 침음을 흘렸다.

그동안 그는 알게 모르게 가급적 정체를 드러내지 않으려고 애썼다.

아는 사람만 아는, 그야말로 소문 없이 유명한 그의 명성에는 그런 그의 노력이 적잖게 작용했던 것이다.

나름 그렇게 주의를 기울였음에도 불구하고 쾌활림이 그의 본가를 노렸다.

그게 어떤 이유에서이든지 간에 이제 그의 정체가 완전히 노출되었다는 뜻이었다.

"별일은 없는 거지?"

"별일이 있을 리가 없지요. 주군의 가족분들은 쾌활림의 흑사자들 따위에게 위협받을 분들이 아니십니다."

"그런데도 자네가 이렇게 직접 보고하러 왔다는 것은 단지 그들이 쾌활림의 흑사자들이기 때문은 아닐 테지?"

"자네라는 그 말 듣기 좋네요."

흑비희가 와중에도 너무 걱정할 정도는 아니라는 듯 가벼운 농으로 분위기를 쇄신하며 재우쳐 대답했다.

"아무튼, 예, 그렇습니다. 한 놈이 도주했습니다. 여태 한 번도 없던 일입니다. 실은 그놈 때문에 뒷산에 파묻으신 시체를 파헤쳐서 놈들이 쾌활림의 흑사자인 것을 알게 되었습니다."

설무백은 의외였다.

어머니 양화는 둘째 치고, 유모 냉연과 무공에 무지한 척 내숭을 떠는 나양과 수화, 그리고 설 씨 가문의 오랜 종복인 한당 등의 무위는 그조차 인정하고 있었다.

그들의 손에서 도주할 수 있을 정도의 능력이라면 실로 상당한 수련을 거친 고수일 것이다.

흑비희가 이렇듯 직접 달려온 직접적인 요인도 그것일 터였다.

그녀도 그만큼이나 그들의 능력을 익히 잘 알고 있는 것이다.

"도주한 그놈이 누군지는 알아냈나?"

설무백의 질문을 들은 흑비희가 무색한 표정을 지었다.

"죄송합니다. 최선을 다하고 있지만, 어렵습니다. 스스로 자기 발목을 자르고 도주한 놈이 어찌나 치밀하게 흔적을 지우며 사라졌는지 좀처럼 종적을 찾을 수가 없습니다."

"찾지 마."

"예?"

"그 정도면 쾌활림의 핵심에 속하는 자일 텐데, 괜히 긁어 부스럼이 될 수도 있어."

"예⋯⋯."

"아, 이건 하오문을 무시해서가 아니라 하오문의 특성을 생각해서 하는 말이야. 하오문은 정보에 특화되어 있는 세력이지 싸움을 목적으로 구성한 단체가 아니잖아. 하물며 작금의 쾌활림은 흑도천상회의 실세야. 백 번 조심해도 나쁠 게 없어."

"옙!"

일순 소침해졌던 흑비희가 화색을 되찾으며 힘차게 대답했다.

설무백은 피식 웃으며 말문을 돌렸다.

"그런데, 내가 알아야 할 것은 그게 단가?"

흑비희만이 아니라 일청도인까지 함께 왔기에 묻는 말이었다.

아나나 다를까, 그의 질문을 들은 일청도인이 나서며 전혀 다른 보고를 했다. 그리고 그 보고는 대번에 설무백의 관심을 끄는 내용이었다.

"다름이 아니라, 얼마 전에 이상한 싸움이 있었습니다. 천사교도들이 나선 싸움으로, 쫓고 쫓기는 추격전이고 다수의 인원이 동원되었음에도 불구하고 놈들이 워낙 은밀하게 움직인 까닭에 우리 애들이 뒤늦게 파악했습니다."

설무백은 눈을 빛냈다.

이는 그가 아는 싸움, 혈뇌사야가 쫓기던 추격전이 분명했다. 그 추격전의 끝에서 그가 혈뇌사야를 구하지 않았던가.

"어디서부터 어디까지 이어진 추격전이었지?"

일청도인이 대답했다.

"안휘성의 성도인 합비(合肥)인근에 있는 함산(舍山)일대에서부터 시작해서 호북성 중부인 경산부 부근의 쌍계산까지 이어진 추격전이었습니다!"

"합비 인근인 함산 일대에서부터 시작된 추격전이 확실한가?"

"애들이 보내온 정보를 종합해 보면 그렇습니다. 느닷없이 시작된 추격전이라는 것이 모두의 공통된 의견이었습니다."

설무백는 반색했다.

어쩌면 그리도 찾지 못하고 헤매던 천사교의 총단이 드러난 것인지도 몰랐다.

그때 일청도인이 더욱 결정적인 보고를 했다.

"그게 다가 아닙니다. 불과 사흘 전에 거기 함산 인근에서 재차 큰 싸움이 벌어졌다고 합니다."

"또?"

"예. 애들이 보내온 정보를 종합해 보면 이번에는 인근의 계곡에 불길이 치솟고, 수거하지 못한 천사교의 시체가 사방에 즐비하게 널렸을 정도로 치열한 싸움이었다고 합니다. 그리고 다시금 거기서부터 추격전이 벌어졌는데, 호북성 동북부인 마성부(麻城府) 인근의 야산까지 이어지다가 이전의 경우처럼 갑작스럽게 소멸되었다는 보고입니다."

설무백은 즉시 돌아섰다.

"갑시다!"

"어디를……?"

모두가 어리둥절해서 뒤따르며 묻자, 그는 발길을 재촉하며 짧게 대답했다.

"일단 마성부로!"

누가 누구를 쫓는 추격전이었는지는 모르겠으나, 그 추격전이 갑작스럽게 소멸되었다는 호북성 동북부에 자리한 마성부 인근의 야산에는 과연 치열하게 싸운 흔적이 역력했다.

최대한 서두른 까닭에 불과 하루 만에 안휘성을 대각선으로 가로질러서 성 경계를 넘고, 다시 한 시진만에 거기 야산에 도착한 설무백은 어렵지 않게 그 흔적들을 발견할 수 있었다.

그리고 또 발견했다.

작은 동산을 뜻하는 야산답지 않게 높진 않아도 광범위하게 우거진 밀림과 축축한 늪지를 포함하며 험준한 지형으로 이루어진 그곳의 동편 기슭의 계곡이었다.

분명 싸운 흔적은 없는데, 이상하게도 안쪽에서부터 심상치 않은 마기가 흘러나와서 가 봤더니, 어째 낯설지 않은 형태의 동굴 하나가 나타났다.

이전에 혈뇌사야가 숨어 있던 동굴처럼 거의 직각으로 뚫린 우물 같은 동굴이었다.

"에이 설마……?"

설무백은 왠지 모르게 우스꽝스러운 장면이 눈앞에 떠올랐으나, 제아무리 우여곡절이라도 설마 그럴 리가 없다는 생각을 하며 고개를 내밀어서 우물 같은 동굴을 내려다보았다.

설마가 현실로 드러났다.

저 깊은 동굴 아래 바닥에서 예전의 그때처럼 핏덩이처럼 붉은 형체로 누워 있던 혈뇌사야가 한껏 오만상을 찡그린 채 그를 바라보며 투덜거렸다.

"또 너냐?"

🔸

같은 시각.

대외적으로는 남경 최고의 기원인 가가원의 예기지만, 실제는 황궁 수호 집단인 천군의 일원으로, 사대호신위의 한 사람인 하화는 가가원의 깊은 밀실에서 나머지 사대호신장인 세 사람과 마주 앉아 있었다.

각기 청조(青照)와 맹사(猛士), 사곡(死梏)이라는 이름으로 불리는 두 명의 노인과 한 명의 중년사내였다.

분위기는 그들이 마주한 순간부터 무거웠고, 한 시진이 지난 지금도 전혀 변하지 않았다.

좀처럼 결론이 도출되지 않았기 때문이다.

하화가 짧은 한숨으로 무거운 침묵을 깨며 말문을 열었다.

"이제 곧 제가 연주를 나갈 시간이에요. 이제 그만 결론을 내리는 것이 어떨까요?"

그녀의 시선이 백발노인 청조와 중년사내 사곡의 얼굴을 왕복했다.

천군의 모든 사안은 네 명이 공동 수좌인 사대호신장의 논의로 결정된다. 그리고 그들, 사대호신장의 결정은 단 한 사람의 반대도 없는 만장일치로만이 통과되는데, 오늘의 안건은 반으로 갈렸다.

전통에 반하는 일이라며 반대한 두 사람이 있었는데 바로 청조와 사곡였다.

청조가 말했다. 답변이 아니라 오히려 질문이었다.

"우리 네 사람이 손을 합치고 나서면 어떨까? 그러면 사신이라는 그자를 처리할 수 있지 않을까? 작금의 시국에 아까운 인재이긴 하나, 전례에 없는 일을 행하는 것보다야 그게 낫지 싶은데 말이야."

하화가 냉정하게 고개를 저었다.

"미리 말씀드리지만 저는 절대 그럴 생각이 없어요. 그리고 개인적인 소견을 말씀드리자면 설령 우리 네 사람이 나선다고 해도 그를 제거할 수 없어요. 사신이라는 별호를 누가 지었는지는 모르겠으나, 제가 아는 그 사람은 정말 사신과 같은 존재입니다. 괜히 긁어 부스럼 만들지 마시길 바랍니다."

눈매가 가늘어서 그냥 가만히 있어도 냉정하게 보이는 중년 사내, 사곡이 은근한 어조로 하화의 말을 반박했다.

"하 소저는 그자를 너무 과대평가하는 것 같군. 혹시 천불사에서 그자를 만났을 때도 그래서 막지 않고 그냥 보내 준 것이 아닌가?"

탁탁-!

반백의 머리에 서글서글한 낙척문사처럼 수더분하게 생긴 노인, 맹사가 탁자에 올려 둔 손으로 가볍게 두드리며 말했다.

"그 자리에 본인도 있었음을 잊으셨는가, 사곡?"

사곡이 슬쩍 맹사를 보고는 어색한 미소를 흘리며 어깨를 으쓱했다. 한 발 물러나는 태도였다.

맹사는 그 이름 그대로 평소에는 선비와 같지만 싸울 때는 맹호와 같은 사람이었다.

천군의 사대호신장 중에서 가장 뛰어난 무위를 인정받는 사람은 사곡이지만, 그 사곡과 유일하게 대등한 싸움을 벌일 수 있는 사람이 맹사라는 것이 모두가 인정하는 바라, 사곡으로서도 직접적인 대응은 자제했다.

다만 그냥 곱게 양보하고 물러나지는 않았다.

사곡은 어색한 미소 뒤에 물었다.

"하면, 맹 노야의 의견도 한번 듣고 싶군요. 어떻습니까? 그 자가 정말 하 소저가 말하는 것과 같은 고수입니까?"

맹사가 잠시 여유를 두었다가 이내 무색한 느낌의 미소를 보이며 대답했다.

"우리 네 사람이 나서서 그를 제압할 수 있을지 없을지는 잘 모르겠네. 다만 확신하는 건 적어도 나는 그를 이길 수 없다는 사실이네. 수치스럽게도 나는 그의 면전에서 전혀 움직일 수 없었어. 마치 고양이 앞에 생쥐 같은 꼴이었지. 수치스럽지만 사실이네, 모르긴 해도, 사곡, 자네라고 다를 것 같지는 않네."

사곡의 눈빛이 싸늘해졌다.

하지만 입으로는 웃으며 말을 받았다.

"그 말을 들으니 더욱 도전해 보고 싶군요."

맹사가 어깨를 으쓱하며 말했다.

"그거야 자네의 자유지. 천군의 이름 앞에 움직이는 것이 아니라면 얼마든지 자유를 보장하는 것이 우리들 아닌가."

사곡의 눈빛이 한층 더 싸늘하게 변했다.

맹사의 말이 비아냥거림으로 들린 모양이었다.

맹사는 그러거나 말거나 청조에게 시선을 돌리며 물었다.

"자네는 어떤가?"

청조가 대답했다.

"나는 실로 고민스럽군. 나는 사곡처럼 젊지 않아서 그런지 강호무림의 호승심은 이미 사라진 지 오래일세. 다만 천군이 그 늘을 벗어나서 전면에 나서는 건 정말 내키지 않으이."

그는 묵직한 한숨을 내쉬며 말을 이었다.

"두 가지 이유가 있네. 첫째는 천군의 전력이 자의적인 판단이 아니라 한 사람의 무기로 사용되는 것이고, 둘째는 자칫 천군의 요원들이 권력에 취할 수도 있다는 점일세."

그는 맹사를 바라보며 하소연하듯 말했다.

"무엇보다도 후자가 두렵네. 전자는 선택의 여지라도 있지만, 후자는 그조차 없네. 그냥 술처럼 취하는 것이니까. 자네도 알겠지만 권력의 맛이라는 게 그렇지 않나. 한번 맛을 보면 절대 손에서 놓치고 싶지 않은 꿀물이 않나. 어떤 식으로든 권력을 쥐게 되면 우리의 사명이 퇴색될 게야. 나는 실로 그게 두렵네. 우리 천군에는 우리가 감당하기 어려운 사람들도 있음이야."

하화가 불쑥 나서며 말했다.

"그럼 청조 노야는 정말 간단하게 결론을 내릴 수 있겠네요."

"그게 무슨 소린가?"

청조가 어리둥절해하며 바라보자, 하화가 사뭇 단호한 눈빛으로 마주하며 대답했다.

　"이미 권력을 잡으신 연왕 전하께서 우리 천군을 무기로 쓸 일은 거의 없을 거예요. 그러니 노야께는 지금 두 가지 길만 생각하세요. 권력의 맛에 빠지는 게 두려워서 천군의 명맥이 끊어지는 것을 지켜볼 것인가, 아니면 천군의 명맥을 지키기 위해서 어떻게든 꿀물 같은 권력의 유혹에 빠지려는 자신과 천군의 요원들을 살피며 버틸 것인가."

　청조가 실로 무색해진 눈빛으로 변해서 하화를 바라보며 물었다.

　"자네는 우리가 그자의 청을 거절하는 순간 천군의 맥이 끊어질 것이라고 보는 거군."

　하화는 단호하게 고개를 끄덕이며 대답했다.

　"확실히 그래요. 절대 이변은 없을 거라고 생각합니다."

　맹사가 한마디 거들었다.

　"나 역시 같은 생각일세."

　청조의 안색이 어두워졌다.

　하화가 그게 아랑곳하지 않고 채근했다.

　"자, 어서 결정하세요. 이제 더는 시간이 없습니다."

　청조가 한껏 찡그린 얼굴, 깊게 그늘진 눈빛으로 고심에 고심을 더하다가 이윽고 긴 한숨을 내쉬며 결정했다.

　"천군의 소명을 지키는 일이 더욱 어려워지겠군. 알겠네. 자네들의 말을 믿고 천군을 지키는 쪽을 선택함세."

마침내 승낙이었다.

적잖게 밝아진 하화의 시선이 사곡에게 돌려졌다.

"어쩌시겠어요?"

사곡이 쓰게 입맛을 다시며 반문했다.

"천군의 율법에 따라 나 혼자라도 반대를 하면 이번 안건은 결렬되는 것이겠지?"

하화는 실로 낙심한 표정을 지으며 어쩔 수 없다는 듯 자리를 털고 일어났다.

"알겠어요. 그럼 저는 이만 일하러 나가 보도록 하죠."

"왜? 나는 아직 반대라고 말하지 않았는데?"

"예?"

하화가 지금 누굴 놀리는 거냐는 표정으로 노려보자, 사곡이 느긋하게 의자의 등받이에 기대며 말했다.

"나도 승낙이야. 천군이 그늘을 벗어나는 건 여전히 싫지만, 나 혼자 그 무거운 짐을 떠안기는 싫군. 그자에 대한 의심은 개인적으로 풀어 보도록 하지."

하화는 털썩 주저앉으며 이마에 맺힌 땀을 소매로 닦았다.

실로 맥이 풀린 표정과 기색이었다.

다른 세 사람에게는 어땠는지 모르겠으나, 그녀에게는 이번 논의의 시간이 실로 일각이여삼추처럼 길게 느껴지면서도 매 순간이 가슴 조이는 긴장의 연속이었던 것이다.

맹사가 그런 그녀의 심정을 읽은 듯 빙그레 웃었다.

하화는 그런 맹사의 시선을 의식하고는 애써 안색을 바꾸며 말했다.

"하면, 전하는 누가 배알하면 좋을까요?"

대답하는 사람은 없었다. 다들 이미 정해진 답을 확인하는 눈빛으로 그녀를 바라볼 뿐이었다.

하화는 새삼 한숨을 내쉬며 그들의 눈빛을 받아들였다.

"알겠어요. 제가 만나 보도록 하지요."

하화는 그날 저녁 황제의 집무실인 건청궁에서 연왕 주체를 만났다.

황궁의 내부에도 천군의 요원이 있기 때문에 그런 시간을 만드는 것은 그다지 어렵지 않았다.

따라서 문제는 과연 연왕이 천군을 받아들일 것인가 하는 것이었는데, 그 점에 대해서도 하화는 전혀 걱정하지 않았다.

천군의 저력은 그 어떤 제왕도 거부할 수 없을 정도로 막강하다고 자부했기 때문이다.

그러나 연왕은 그녀가 생각하는 범주의 사람이 아니었다.

연왕은 그녀의 생각과 달리 곁을 지키겠다는 천군을 거부하며 절대 수용 불가의 의지를 표명했다.

"천군이 황제를 도왔다면 지금 짐은 이 자리에 있을 수 없었을 게야. 그런데 천군은 나서지 않았고, 짐은 지금 이 자리에 앉아 있지. 그래서 그래. 천군이 나서지 않은 것이 짐에게 도움을 준 것처럼 호재로 작용한 것은 사실이나, 황제에게는 배신의 행위였고, 더 없는 악재였네. 그런데 그 황제는 다름 아닌 짐의 조카이며, 짐은 곧 황제로 등극할 거란 말이지."

연왕은 사자처럼 무섭게 웃는 낯으로 선언하듯 말을 끝맺었다.

"이래 봬도 짐은 혈육의 아픔을 외면하기 싫어하는 사람이야. 하물며 언제고 배신을 당할 수 있다는 의심을 품고 사는 건 정말 끔찍한 일이고 말이지. 한 번 배신한 자는 두 번도, 세 번도 할 수 있는 것이 인지상정 아닌가. 이게 짐이 천군을 받아줄 수 없는 이유일세."

하화는 정말 눈곱만큼도 걱정하지 않던 사태인지라 말문이 막혀서 한동안 멍해 있다가 뒤늦게 바닥에 이마를 찧으며 항변했다.

"전하, 천군은 황제를 배신한 적이 없습니다! 천군은 천심에 따라 황실의 안녕과 변영을 수호할 뿐, 황제를 지키는 세력이 아니기 때문입니다! 부디 통촉하여 주시옵소서, 전하!"

"통촉하기 싫다!"

연왕이 불같이 잘라 말했다.

"너희들이 무슨 말을 해도 짐이 싫으면 싫은 거다! 너희들이 이제 와서 왜 이러는지 모르겠다만, 짐은 진심으로 너희들을 받아들일 생각이 없으니, 어서 썩 물러가거라! 또한 비서랑(秘書郎) 정조추(鄭早秋)는 삭탈관직하고 변방으로 내칠 테니 그리 알라!"

궁중의 도서 및 문서를 담당하는 관리인 비서랑 정조추는 그녀의 지시에 따라 오늘 이 자리를 마련한 천군의 일원이었다.

명문의 자제이며, 유능한 관리로 정평난 정초추를 삭탈관직도 부족해서 변방으로 귀향을 보내겠다는 것은 지금 연왕의 생각이 얼마나 확고한지가 드러나는 방증일 것이다.

하화는 실로 당황스러웠으나, 다른 대안이 없었다.

추상같은 연왕의 태도에 더는 항변할 의지조차 잃어버린 그녀는 엎드린 채 뒤로 물러났다.

그때 무엇이 그리도 화가 나는지 분을 참지 못하고 씨근거리던 연왕이 불쑥 물었다.

"어디 한번 그 이유나 들어 보자! 대체 하늘이 바뀌어도 나타나지 않던 너희들이 왜 이제 와서 밖으로 나와 짐의 수발을 들겠다는 것이냐?"

하화는 잠시 머뭇거렸으나, 이내 이제 와서 더 이상 숨기고 말고 할 것도 없다는 생각이 들었다.

다른 한편으로는 설무백의 이름이 도움을 줄지도 모른다는 기대도 차올랐다.

그녀는 바로 사실을 털어놓았다.

"실은 전하께서도 아실 만한 야인의 부탁이 있었습니다."

천외천의
주인

"짐이 아는 야인의 부탁?"

"예, 그렇습니다. 다만 지금은 부탁이나, 부탁을 들어주지 않으면 권고로 바뀔 것이며, 그 권고도 통하지 않으면 천군을 이 땅에서 소멸시키겠다는 위협으로 바뀐다고 하였습니다."

"그리하여 너희들이 그 야인의 말에 굴복하고 이렇게 짐 앞에 나선 거다?"

"부끄럽게도 그렇습니다, 전하. 저희는 그 야인의 말을 수긍하고 인정할 수밖에 없었습니다."

잔뜩 화가 나 있던 연왕이 실로 흥미롭다는 표정으로 바뀌어서 다시 물었다.

"그자의 이름 무엇이더냐?"

하화는 바로 대답했다.

"설무백이라는 야인입니다."

연왕이 화들짝 놀라며 눈이 커졌다.

"아우가?"

하화는 화들짝 정도가 아니라 까무러칠 정도로 놀랐다.

'아우라니? 누가? 설 공자가……?'

연왕이 그때 활짝 웃는 낯으로, 한없이 부드러워진 말투로 그녀를 불렀다.

"이리 가까이 들라."

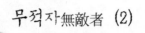

무적자 無敵者 (2)

가가원 최고 예기인 하화가 지병으로 쓰러져서 당분간 연주를 하지 못한다는 소식은 가가원을 찾은 수많은 풍류 남아들의 가슴을 아프게 하며 가가원의 수익에도 막대한 영향을 끼쳤다.

　그리고 그 소식은 하오문의 비상 연락망을 통해서 곧바로 설무백에게도 전달되었고, 그 바람에 불철주야 쉬지 않고 그것도 갑자기 설무백의 행보가 바뀐 까닭에 하오문의 도움을 받아서 어렵사리 달려온 환사는 헛고생을 한 셈인데다가, 정작 설무백의 얼굴도 보지 못하고 있었으나, 그리 나쁜 기분은 아니었다.

　설무백이 그사이 일행 중 네 사람을, 정확히는 천월을 포함해서 검영과 독후, 검매를 풍잔으로 돌려보냈기 때문이다.

가가원의 일이 아니었다면 그도 풍잔으로 돌아가야 할 상황이었던 것이다.

"여자애들을 돌려보낸 건 잘했네. 어디를 가도 이목을 끌어서 실로 난감했는데 말이야."

야산을 벗어나서 마성부로 들어가는 길목에 자리한 오래된 사당, 공묘(孔廟)였다.

입구에서 서성거리던 검노 등을 만나서 이런저런 사정을 전해 들은 환사는 절로 고개를 끄덕이며 중얼거렸다.

모르긴 해도, 설무백 역시 그래서 돌려보냈을 터였다.

하나같이 경국지색의 여인들이라 어디를 가도 태가 나서 이목을 끄는 통에 여간 거북한 것이 아니었다.

특히 묵인인 독후의 경우는 거북함을 넘어서 난감한 지경이었다.

묵인인 데다가 빼어난 미색까지 겸비했고, 뜻만으로 독기를 사용하는 의형지독(意形之毒)에 가까운 독공의 경지로 인해 사달을 일으키는 경우가 한두 번이 아니었다.

오가다가 힐끔거리는 사내와 시선을 마주치면 열의 하나는 중독돼서 쓰러지기 일쑤였던 것이다.

'천 가 놈이 말도 못하고 억울했겠군. 흐흐……!'

여자애들만 보내려니 못내 신경이 쓰여서 천월을 딸려 보냈을 터였다.

다행히도 그는 자리에 없는 바람에 빠진 것이다.

"한데, 주군은 지금 뭐 하시는 거요?"

이래저래 마음이 풀린 환사는 낡은 문 사이로 공묘의 안을 힐끔거리며 물었다.

천하의 거칠 것이 없는 환사였지만, 혼잣말이 아닌 이상 적어도 지금 여기서는 그렇게 공대를 할 수밖에 없었다.

장승처럼 서 있는 철면신은 말할 것도 없고, 요미는 늘 그렇듯 설무백의 곁을 지키는지 보이지 않아서, 지금 그의 주변에 있는 인물들은 전부 다 그보다 선배였다.

누가 보면 어처구니가 없어서 말문이 막힐 테지만, 지금은 그가 막내인 것이다.

"그 자식을 치료해 주는 중이네."

검노의 대답이었다.

못내 마뜩찮은 기분이 드러나는 목소리였다.

환사도 마뜩찮기는 매한가지였다.

"아니, 저 자식은 전에도 그랬다는 얘기를 들었는데, 왜 매번 만날 때마다 우리 주군을 귀찮게 하는 거야! 거북하게시리!"

"내 말이 그 말일세!"

검노가 맞장구를 쳤다.

"정말 거북한 놈이야. 여차하면 죽여 버리고 싶은데, 어째 주군과 분위기가 묘해서 그럴 수도 없으니 정말 짜증 나는군."

철각사가 두 사람의 대화에 끼어들었다.

"그저 묘한 것이 아니라 무언가 사연이 깊은 분위기였네. 그

자도 설 대협을 대하는 태도가 왠지 부드럽고. 이상하게 적대감이 전혀 없더군."

환사는 무심결에 고개를 끄덕이다가 이내 거슬린다는 눈빛으로 삐딱하게 철각사를 바라보았다.

"이제 한솥밥을 먹은 지도 꽤 돼서 하는 말인데, 주군보고 대협이라고 하는 그 호칭 좀 어떻게 바꾸면 안 되겠소?"

철각사가 빙긋 웃으며 되물었다.

"거북한가?"

"거북하오."

"거북해도 좀 참게. 내게는 아직 한 번의 기회가 남았거든."

"……?"

환사가 어리둥절해서 물었다.

"무슨 기회가 한 번 더 남았다는 거요?"

철각사가 대답했다.

"도전권. 내가 원할 때 한 번 더 싸우기로, 아니, 싸워 주기로 했다네."

"아……."

환사는 무슨 말인지 이해했다는 표정으로 고개를 끄덕였다.

그리고 다른 말은 하지 않았으나, 쳐다보는 눈빛은 웃고 있었다.

철각사가 예리하게 그의 눈빛을 읽으며 말했다.

"나도 알고 있으니, 그런 눈빛으로 보지 말게. 그저 포기할 수 없을 뿐이네."

"누가 뭐랍디까?"

환사가 머쓱하게 대꾸하고는 새삼 문틈으로 공묘의 안을 살피며 투덜거렸다.

"그나저나, 대체 언제 끝나는 거야?"

질문이 아닌 투덜거림에, 검노가 화답했다.

"시간이 좀 걸릴 게야. 상처가 심해서 쉽게 끝날 치료가 아닐거네."

환사는 못내 짜증이 났다.

오랜만에 주군과 함께하는 강호행인지라 오순도순 이런저런 얘기를 나누며 즐거운 시간을 보내리라 생각했는데, 이래서 시간을 뺏기고 저래서 시간을 뺏기는 바람에 같이할 시간이 거의 없었다.

그런데 하다하다 이젠 적인 마교의 마두 나부랭이까지 시간을 빼앗고 있는 것이다.

"명색이 마두라는 것이 약해 빠져서는……!"

다른 사람이 이 말을 들었다면 실로 어이없고 기가 막혀서 그를 바보 취급했을 것이다.

천하의 그 누가 마교의 일맥 중에서도 손꼽히는 세력인 혈가의 가주 혈뇌사야를 두고 약해 빠졌다고 할 수 있을 것인가.

하지만 지금 이 자리에서는 그 누구도 환사를 그렇게 취급하지 않았다.

실질적인 무공의 고하를 떠나서 지금 이 자리에 있는 사람들은 그래도 좋을 정도로 강호무림의 최정상에 위치한 고수들인 것이다. 그에 앞서 그들도 진작부터 내심 적잖게 짜증이 나기도 했고 말이다.

그런데 우습지 않게도 정작 설무백의 치료를 받고 있는 혈뇌사야도 그들과 조금도 다르지 않은 기분이었다.

아니, 그들보다 더 거북하고 짜증이 났다.

자존심과 고통이 바로 그 원인이었다.

사람이 보는 앞에서 늙은이가 실오라기 하나 걸치지 않은 알몸을 노출하고 누워 있는 것도 모자라서 전신의 요소요소를 비수 같은 손가락으로 찔리고, 몽둥이 같은 손바닥으로 두드려지고 있었기 때문이다.

그것도 인체의 기능을 마비시키는 혈도인 마혈과 약간의 힘조절만 못해도 목숨이 끊어질 수 있는 사혈만을 집중적으로 노리는 손가락과 손바닥이었다.

그는 지금 설무백에게 진기를 주입한 손으로 상처로 인해 막히거나 끊어진 기혈을 치료하는 수법을, 이른바 추궁과혈(推宮過穴)을 받고 있었다.

물론 이건 그가 자초한 일이었다.

보통의 경우 추궁과혈은 혼절한 사람을 대상으로 펼치는 것이 기본이었다.

혼절하지 않은 사람이라면 혼혈을 점해서 혼절시키고 펼치는 것이 상례였다. 그래서 추궁과혈을 받는 사람은 어지간해서는 고통을 느끼지 못하고, 느끼더라도 바람처럼 한순간에 지나가기 마련이었다.

그러나 혈뇌사야는 혼절하지 않았다. 아니, 혼절을 원하지 않았다. 아직은 그가 그 정도로 설무백을 신임하고 있지 않는 것이다.

따라서 지금 그가 느끼는 감정은 수치와 더불어 고통이 가미된 참으로 묘한 것이었다.

실로 아픈데, 창피하고 자존심이 상해서 아픈 내색도 못하고 속으로만 끙끙 앓고 있는 것이다.

하지만 어쩔 것인가.

설무백은 실로 땀을 흘릴 정도로 심혈을 기울여서 그를 치료하고 있었다.

한서불침의 경지 따위는 이미 오래전에 벗어났을 설무백 정도의 고수가 땀을 흘린다는 것은 대체 얼마나 심혈을 기울이고 있는지 상상조차 할 수 없는 지경인 것이다.

그러나 그럼에도 불구하고 수치스러운 것은 수치스러운 것이고, 그로 인해 짜증이 나는 것은 짜증이 나는 것이었다.

한 번도 아니고 이게 벌써 두 번째였다.

치료를 받으며 느끼는 고통은 그로 인한 자존심의 상처에 비하면 실로 아무것도 아니었다.

얼마의 시간이 그렇게 흘러갔을까?

기민하게 그의 육체를 왕복하던 설무백의 손이 멈추었다.

마침내 추궁과혈이 끝난 것이다.

그리고 설무백의 말이 있었다.

"대체 어떤 싸움을 했기에 몸이 이렇듯 넝마로 변한 거야?"

혈뇌사야는 답변 대신 악을 썼다.

"늙은이 알몸이나 덮어 주고 얘기해라!"

설무백은 픽 웃으며 물러나 앉았다.

"일어나서 옷 입으면 되지 덮기는 뭘 덮어? 그대로 주무시겠는 건가?"

"아……!"

혈뇌사야가 그제야 깨닫고는 후다닥 일어나서 의복을 걸치며 투덜거렸다.

"전에도 느낀 바지만, 너는 정말 사람을 무안하게 하는 재주가 있구나."

설무백은 짐짓 삐딱하게 바라보았다.

"일전에 헤어지기 전에는 말투가 이렇지 않았잖아? 왜 다시 반말로 돌아간 거야?"

"……."

혈뇌사야가 선뜻 대답하지 못하고 머뭇거리다가 이내 버럭 화를 냈다.

"내 맘이다!"

설무백은 그저 웃어넘기며 물었다.

"알았으니 그건 됐고, 이제 어디 한번 왜 이런 몰골이 되었는지 사연이나 들어 보지. 대체 또 무슨 일이 있었던 거야?"

혈뇌사야가 주섬주섬 옷매무새를 정리하며 대답했다.

"다 알면서 뭘 물어? 전에 얘기한 대로 천사교주와는 같은 하늘을 이고 살 수 없다, 나는. 네가 내게 바라는 것도 그거였잖아. 천사교주를 처리해 달라며?"

"그와 다시 싸운 거야?"

"그 잡놈이 나를 공격한 이후에 우리 혈가를 치려고 애들을 보냈다. 다행히 내가 먼저 도착해서 애들을 빼돌렸기에 망정이지 아니었으면 큰일을 치를 뻔했다. 애새끼가 아주 작심을 했는지 그렇게나 애지중지하던 강시를 죄다 동원해서는……!"

혈뇌사야가 분한 자기 기분에 취해서 마구 지껄이다가 이내 자신의 실태를 깨달은 듯 헛기침을 하고는 다시 말했다.

"아무튼, 그래서 역으로 놈의 본거지를 쳤다. 잘하면 거기서 놈을 끝장낼 수 있다고 생각했는데, 젠장! 그 잡놈에게 남은 강시가 더 있을 줄은 정말 몰랐다! 그 바람에 또 이 모양 이 꼴이 된 거다! 그게 다다! 이제 됐냐?"

황궁의 일에서 천사교주가 빠졌던 이유가 밝혀졌다.

천사교주는 갑작스러운 혈뇌사야의 공격으로 인해 황궁 싸움에 나서지 못했던 것이다.

그러나 설무백의 궁금증은 아직 다 풀리지 않았다.

"아직 부족한데?"

"뭐가 부족한데?"

"혈가가 소수 정예로 구성된 가문이라는 건 알겠는데, 그래도 가솔들을 다 이끌고 갔다면서 왜 또 혼자 이렇게 당한 거야? 가솔들은 다 어디 가고?"

"결국 창피해서 감추려는 부분까지 알고 싶다 이거군. 그래좋다. 까짓것 그것도 얘기해 주마!"

혈뇌사야가 노인답지 않게 삐진 시어미처럼 가재미눈을 뜨고 울컥하며 설명을 추가했다.

"그 잡놈에게 쫓기는 와중에 애들을 빼돌렸다. 나를 따라오게 만들고 애들은 다른 곳으로 보냈다. 안 그러면 그나마 몇 남지도 않은 애들이 다 죽게 생겨서 다른 방도가 없었다."

그는 당시의 상황이 떠오르고, 또 이걸 얘기하는 자신의 지금 상황이 분하고 치욕스러운지 거듭 울컥하며 소리쳤다.

"그래도 내가 그 잡놈이 애지중지하는 강시들 절반 이상을 골로 가게 만들었다! 내가 이렇게 다친 게 다 이유가 있었던 거라고!"

설무백은 내심 고소를 금치 못했다.

늙으면 애가 된다더니, 거칠 것 없이 살던 마두도 늙으면 그와 같은 모양이었다.

자신의 치부를 드러낸 것이 못내 창피한지 악을 쓰는 혈뇌사야의 모습을 보고 있자니 절로 그런 마음이 들었다.

분명 적이고, 마교의 마왕인데, 이유를 알 수 없게 호감이

가는 것은 아마도 그 때문인지 모른다.

"그래서 이제 어쩔 건데?"

"어쩌긴 뭘 어째!"

혈뇌사야가 발끈하고는 새삼스럽게 이를 갈았다.

"지옥 끝까지라도 따라가서 그 잡놈을 잡아 죽이고 말거다!"

그러고는 갑자기 음충맞게 웃으며 말을 더했다.

"흐흐, 내가 이렇게 단시간에 회복한 것을 그 잡놈은 정말 꿈에도 모를 거다. 놈은 절대 나처럼 이렇게 빨리 회복할 수 없을 테니, 이번엔 정말 그 잡놈을 박살 내고 말 거다! 그 점은 내가 정말 진심으로 네게 감사하마. 흐흐흐······!"

설무백은 은근히 말꼬리를 잡았다.

"내가 왜 당신을 이렇게 빨리 치료해 줄 수 있는지에 대해서는 별다른 감정이 없고?"

"······."

혈뇌사야가 말문이 막힌 표정으로 설무백을 바라보았다.

무언가 자기 스스로도 풀어낼 수 없는 감정이 드는지 적잖게 흔들리는 눈빛이었다.

설무백은 이때다 싶어서 말했다.

"아무 생각 없어도 괜찮아. 대신 부탁 하나만 하자. 거기, 그러니까, 천사교의 총단에 나랑 같이 치자."

그는 싱긋 웃으며 덧붙였다.

"천사교가 망하는 건 나도 바라마지 않는 일이니까, 우리 서로 상부상조하자 이거야."

"흐흐……!"

설무백의 제안을 들은 혈뇌사야가 문득 예의 음충맞은 기소를 흘렸다.

어째 불길은 느낌을 주는 기소였는데, 과연 그랬다.

바로 혈뇌사야의 입에서 그런 말이 나왔다.

"이거 정말 미안하게 됐구나. 그건 내가 들어줄 수 없는 부탁이다. 다른 무슨 생각이 있어서가 아니라 천사교의 총단은 더이상 그 자리가 아니라서 말이야."

설무백은 무색해져서 물었다.

"어째서?"

혈뇌사야가 대답에 앞서 곱지 않은 눈초리로 차갑게 설무백을 노려보았다.

"네가 날 정말 거지쭉정이 핫바지로 보는 모양인데, 천만에 말씀이다. 내가 지금 이런 몰골이라는 것은 그 잡놈도 이만큼의 아니, 이 이상의 타격을 입었다는 뜻이니라. 천사교의 총단은 불타고 없어졌다. 내가 그렇게 만들었다."

혈뇌사야가 그 점에 대해서는 정말 기쁘고 흡족하기 그지없다는 듯 웃으며 짧게 부연했다.

"아마 그 잡놈, 지금쯤 대체 어디에다가 총단을 차려야 하나 고심하고 있을 거다. 흐흐흐……!"

설무백은 본의 아니게 한숨을 내쉬었다.

천사교의 총단이 무너진 것은 기뻐해야 할 일이지만, 그로 인해 천사교의 총단이 더욱 찾기 어려운 지하로 꽁꽁 숨을 것을 생각하니 절로 한숨이 나왔다.

혈뇌사야가 그의 태도를 오해하며 험악한 눈빛을 드러냈다.

"뭐야 그 표정은? 너 지금 내 말을 믿지 못하겠다는 거냐?"

설무백은 시큰둥하게 대꾸했다.

"믿어. 그래서 그래. 이제 천사교의 총단을 찾는 데 더 오랜 시간이 걸릴 것 같아서."

그는 자리를 털고 일어나며 덧붙였다.

"아무튼, 사정이 그렇다면 다른 도리가 없지. 그럼 나는 이제 그만 가 볼 테니, 천천히 가도록 해. 쉬다가 가라는 소리가 아니라, 나랑 같이 나가면 아무래도 시비를 걸 사람이 있을 것 같으니까, 나중에 가라는 소리다."

혈뇌사야가 발끈했다.

"감히 어떤 놈이 겁 없이 내게 시비를 건다는 거냐? 죽고 싶어서 환장한 그놈이 대체 누구냐?"

"그놈이 아니라 그놈들일 걸 아마?"

설무백은 피식 웃으며 대꾸하고는 이내 손을 흔들고 돌아섰다.

"아무튼, 그런 거 따지지 말고 내가 말하면 한 번쯤은 그냥 들어줘라. 명색이 구명지은을 베푼 은인이잖아 내가. 그리고 이건 혹시 몰라서 하는 말인데, 다음에 또 오늘과 같은 몰골로 나타나면 나 정말 실망할 거다."

"……."

혈뇌사야가 무슨 생각을 하는지 모르게 눈을 끔뻑이며 잠시 머뭇거리다가 설무백이 밖으로 나서기 직적에 불쑥 말했다.

"바보구나, 너?"

설무백은 갑자기 무슨 소린지 몰라서 발길을 멈추고 혈뇌사야를 돌아보았다.

"그게 무슨 뜻이야?"

혈뇌사야가 놀리듯이 딴청을 부리며 의미심장하게 대답했다.

"아까 나는 분명 천사교주 그 잡놈을 지옥 끝까지라도 따라가서 잡아 죽이고 말겠다고 했는데, 듣지 못한 거냐?"

"……?"

설무백은 잠시 이해를 못하다가 이내 깨닫고 돌아와서 혈뇌사야를 마주하고 앉았다.

"그자가 어디에 새로운 총단을 꾸밀지 아니, 그자가 어디 있는지 알고 있는 거구나? 그렇지?"

혈뇌사야가 그제야 자랑하듯 털어놓았다.

"혈가의 피는 그 어디에 뿌려져도 백 년을 가고, 나는 그 피의 향기를 얼마든지 찾아낼 수 있다. 그런데 그 잡놈의 몸에는 내 피가 묻어 있지. 흐흐흐……!"

설무백은 반색하며 말했다.

천외천의
주인

"같이하자!"

혈뇌사야가 정색하며 튕겼다.

"공짜로?"

설무백은 눈살을 찌푸리며 따졌다.

"목숨을 두 번이나 구해 줬는데도 부족하다는 거야?"

혈뇌사야가 음충맞은 미소를 지으며 말했다.

"하나만 부탁하자."

"뭐를?"

"네 몸에도 내 피 좀 묻혀 두자."

설무백이 황당하다는 투로 바라보자, 혈뇌사야가 자못 사정하는 투로 한마디 더했다.

"다른 게 아니라, 만에 하나 내가 또 크게 다치면 찾아가려고 그래."

⚜

"머저리 같은 놈!"

흑도천상회에 있는 사도진악의 거처였다.

잘려져 나간 발목을 제대로 치료도 못하고 돌아간 흑표의 보고를 듣기 무섭게 사도진악은 사납게 일갈했다.

흑표는 얼굴이 파랗게 질린 모습으로 입도 벙긋 못하고 바닥에 엎드린 채 머리를 조아렸다.

언감생심 변명조차 할 수 없었다.

그가 아는 사도진악은 어지간한 일에도 좀처럼 화를 내지 않지만, 한번 화를 내면 절대 그냥 넘어가는 경우가 없었다.

반드시 무언가 처벌이 내려지는 것이다.

'젠장, 이미 다리병신이 됐는데, 팔 병신까지 되는 거 아냐?'

흑표는 정말 그렇게 될 각오까지 했다.

그냥 하는 각오가 아니었다.

그의 의형제인 흑사자들 중에서는 외팔이 세 명이나 되었다.

다들 사도진악의 명령을 제대로 수행하지 못해서 스스로 팔을 자른 자들이었다.

그런데 천만다행히도 오늘의 사도진악은 전에 없이 그냥 넘어가려는 것 같았다.

더 이상 꾸짖지 않고 얼굴에 가득한 노기를 누르는 기색이 역력했다. 그 이유가 바로 드러났다.

"신녀궁의 애들이란 말이지? 설 장군의 내자가 양가장의 핏줄이라는 얘기는 얼핏 들었다만 대체 무슨 인연으로 신녀궁의 애들이 그 집을 지키는 걸까?"

질문이 아니라 그저 혼잣말이었다.

하지만 흑표는 변명할 기회를 놓치지 않고 자신이 아는 사실을 말했다.

"유모라고 했습니다. 나머지 두 여인은 시비로 보였고요. 그리고 나머지 늙은이 하나도 정말 범상치 않은 자였습니다. 그 늙은이의 일격에 흑사자 둘이 피 떡으로 변했습니다!"

과연 사도진악이 관심을 보였다.

"흑사자 둘이 일격에 피 떡이 되었다고⋯⋯?"

"예, 그렇습니다. 당시 등을 지고 있어서 어떤 무공을 사용했는지는 보지 못했지만, 강렬한 기운을 느낄 수 있었습니다."

"귀찮게 됐군. 저들은 이번 일로 경계를 더욱 강화할 텐데, 정식으로 부탁받았으니, 그만둘 수도 없는 일이고⋯⋯!"

사도진악은 잠시 전전긍긍하다가 이내 작심한 듯 자리를 털고 일어나며 명령했다.

"어쩔 수 없지! 내가 직접 나서야겠다! 이전 일로 흑도천상회의 분위기가 어수선해서 가급적 자리를 비우지 않으려고 했다만 다른 수가 없다! 당장에 가서 애들을 소집해라!"

흑표는 눈치를 보며 조심스럽게 물었다.

"인원을 어느 정도나⋯⋯?"

"흑사자들 중에서 쓸 만한 애들로 백 명만 추려라! 흑룡도 부르고!"

사도진악이 매섭게 잘라 말했다.

"지금 당장에 소집해! 쇠뿔도 당김에 빼랬다고, 바로 출발할 수 있도록 준비해라! 분명히 뒷말이 나돌 것이 뻔하니, 흑도천상회 내부에는 전날 우리 쾌활림의 총단을 공격한 자들의 종적을 발견한 것으로 은밀하게 흘리고!"

"가당치 않은 일이다!"

흑도천상회의 영내에서 있는 사도진악의 거처와 그리 멀리 떨어지지 않은 흑선궁의 신임 궁주 부약운의 거처였다.

대장로인 소상우사 방능소와 담소를 나누고 있던 그녀는 느닷없이 뛰어 들어온 들어온 귀면대의 신임 대주 섬전수 표인의 보고를 듣기 무섭게 더 없이 단호한 태도로 부정하고 있었다.

사도진악이 쾌활림의 총단을 공격한 자들의 종적을 발견해서 직접 수하들을 이끌고 흑도천상회를 나섰다는 보고였다.

부약운은 거듭 되뇌었다.

"절대 그럴 리가 없어!"

실로 절대 있을 수 없는 일이었다. 아니, 있을 없는 일은 아닐지 몰라도 실로 믿기 어려운 일이었다.

그녀는 흑선궁의 총단만이 아니라 쾌활림의 총단을 무너트린 사람이 설무백임을 알고 있기 때문이다.

'그는 절대 이렇게 빨리 드러날 정도로 허술하게 움직일 사람이 아니다!'

부약운이 내심 그런 생각을 하며 답을 찾으려는 참인데, 방능소가 고개를 갸웃거리며 물었다.

"어찌 그리 확신하시는지요? 혹시 그럴 만한 무슨 다른 이유라도 있으신 겁니까?"

"아, 그게……?"

부약운은 방능소의 질문을 듣고 나서야 자신의 실태를 인지하며 무언가 다른 변명거리를 생각해 보았으나, 도무지 떠오르지 않았다.

이럴 때는 그냥 우기는 상책이다.

"직감이에요. 때론 직감이 그 무엇보다도 정확할 때가 있는 법 아니겠어요?"

"아, 뭐, 예. 그럴 수도 있지요."

방능소가 무색해진 표정으로 마지못해 수긍했다.

부약운은 그러거나 말거나 무시하며 표인을 향해 물었다.

"몇 명이나 되지? 사도 림주가 동원한 인원 말이야."

"여기 흑도천상회에 나와 있는 흑사자들 중 백 명입니다. 듣자니 흑사자들 중에서도 정예로만 추렸다고 합니다."

"흑사자들의 정예 일백이라……."

부약운은 절로 오만상을 찡그렸다.

애매한 숫자였다.

그 정도 인원을 동원했다면 그녀가 예상하는 상황을 절대 아니라고 부정하는 것도, 그렇다고 인정하는 것도 애매한데, 한편으로 사도진악이 직접 나선 마당에 정예만을 추렸다니, 마음의 저울추가 의심으로 기우는 것 같기도 했다.

그래서 결론은 하나였다.

조금이라도 의심이 가는 마당에 그냥 이대로 앉아 있을 수만은 없었다.

'그 사람과 관계가 없는 일일지라도, 갑자기 그런 냄새를 풍기며 움직이는 게 수상해!'

잠시 생각에 잠겨서 그런 결론을 내리고 깨어난 그녀는 즉시 표인을 향해 명령했다.

"표인, 지금 당장 믿을 만한 애들로 몇 명만 추려 봐! 나와 같이 그들의 뒤를 밟아 보는 거다!"

"옙!"

표인이 두말없이 대답하며 일어났다.

방능소가 화들짝 놀라며 그런 표인의 소매를 잡고는 부약운을 향해 말했다.

"아, 아니, 궁주님! 이런 일에 궁주님이 직접 나서는 건 아니라고 봅니다! 가뜩이나 신임 궁주라고 다들 어떻게든 꼬투리를 잡으려고 안달난 이 마당에 자리를 비우시면……!"

"지금 무슨 소리를 하는 거예요!"

부약운은 매섭게 방능소를 질타했다.

"저는 그게 무슨 일이든 간에 남의 시선이나 의식하며 가만히 앉아서 수하들만 부릴 생각 눈곱만큼도 없어요! 꼬투리를 잡든 꼬투리 할아버지를 잡든 마음대로 하라고 그래요! 여태 그런 것들에게 질질 끌려다녀서 작금의 흑선궁이 이렇게 뒤떨어진 겁니다!"

방능소가 찍소리 못하고 자라목이 되었다.

부약운은 그런 방능소에게 매서운 경고를 추가했다.

"이제부터 대장로께서도 명심하세요! 제아무리 사소한 일이라도 직접 나서세요! 타인의 시선이나 의식하며 머뭇거리다간 우리 흑선궁의 미래는 없습니다!"

방능소가 쩔쩔매며 안절부절못하는 가운데, 부약운이 인상을 쓰며 한마디 더했다.

"그 손 언제까지 잡고 있을 거예요?"

방능소가 그제야 깨달으며 자신도 모르게 여전히 잡고 있던 표인의 소매를 놓았다.

표인이 그제야 서둘러 돌아섰다.

부약운이 급히 그를 따라나섰다.

"아니, 같이 가는 게 좋겠어. 그게 빠르겠다."

방능소가 더는 그녀를 말리지 못하며 풀죽은 모습으로 어기적어기적 따라나섰다.

그런 그의 이마에 서둘러 밖으로 나서는 부약운의 따가운 일침이 날아와 꽂혔다.

"따라올 필요 없어요! 대신 장로들과 혈귀대주 홍인매를 불러서 제가 없는 동안 우리 지역 경계나 강화할 계획이나 세우세요! 또 어떤 작자가 시비를 털지 모르니까!"

"예, 알겠습니다!"

방능소가 나름 힘주어 대답했다.

부약운이 그런 그를 외면하며 서둘러 밖으로 나서자, 뒤따르는 표인이 멋쩍은 기색으로 넌지시 물었다.

"왜 그렇게 빡빡하게 구세요? 가뜩이나 노인네들은 총단에 있던 부적산 어른과 예하의 수하들이 정말로 다 죽은 것으로 알고 기가 빠져 있는데 말이에요."

"흥!"

부약운은 코웃음을 쳤다.

"아버님을 제대로 보필하지 못한 것과 숙부의 뜻을 배반으로 보고 돕지 않은 죄과야!"

그랬다.

부약운은 숙부인 삼안일도 부적산과 총단에 있던 사람들의 대부분이 살아 있다는 사실을 소장파들의 수장인 표인과 홍인매에게만 알렸을 뿐, 여전히 대장로 방능소를 비롯한 기존의 요인들에게는 알리지 않고 있었다.

"가짜가 아무리 완벽한 변체환용술을 쓰고 습관까지 빠트리지 않았다고 해도 그렇지, 아버님을 곁에서 수십 년을 모셔 놓고 그걸 몰라봤다는 게 말이 돼! 게다가 내 치료를 쾌활림에서 하겠다는데 왜 막지 않고 지켜만 봐! 미친 거 아냐!"

생각할수록 분한 듯 싸늘하게 변해서 울분을 토하는 그녀를 보고 표인이 슬쩍 말꼬리를 잡았다.

"궁주님 치료 문제는 그렇다 쳐도, 딸인 궁주님도 아버님이 가짜인 거 못 알아봤잖습니까?"

부약운은 치부가 들쳐졌음에도 전혀 굴하지 않고 당당하게 말했다.

"그래서 그래! 딸인 내 몫까지 함께 벌주는 거야!"

"아……!"

표인이 바로 수긍하고 입을 닫아 버렸다.

그런 그를 향해 부약운이 자못 표독스럽게 한마디 더했다.

"너희들도 명심해! 여차해서 내가 가짜로 바뀌었는데 알아보지 못하면 아주 국물도 없을 줄 알아!"

"옙!"

표인은 두말없이 대답하고는 은연중에 지긋한 미소를 머금었다.

내색은 삼가고 있으나, 그는 내심 뭐든지 제멋대로인 이 새로운 궁주가 실로 점점 더 마음에 들어서 그게 무엇이든 무조건 복종하고 싶어지고 있었다.

파란波瀾

호북성에서 북평까지의 거리는 보통 사람의 경우 말을 타고 쉬지 않고 달려도 열흘이 넘게 걸리는 장도였다.

　그러나 그것도 옛날 말에 불과했다.

　작금의 시기는 황제가 바뀌는 전쟁이 나고, 마교가 발호했으며 기존의 마적 떼들도 차고 넘쳤고, 세외와 관외의 도적들이 수시로 장성을 넘어서 약탈을 자행하는데다가, 오랜 가뭄으로, 또한 한집 너머 한집이 털릴 정도로 난립하는 도적에 시달리며 굶주리다 못해 결국 괭이를 들던 손에 칼을 들고 나선 녹림도마저 사방에 득시글거리는 세상이었다.

　이제 호북성에서 북평까지는 보통 사람이라면 절대 가지 않을 길, 만일 피치 못할 사정으로 가야만 한다면 얼마의 시간이

걸리든지 그저 무탈하게 도착하는 것만이 희망일 정도로 멀고
도 험한 길로 변해 있었다.

그러나 사도진악은 보통 사람이 아니라 특별한 사람 한 사람
들 중에서도 각별한 사람이었고, 그래서 그리 멀고 험한 길을
아무런 사고 없이 불과 사흘 만에 주파할 수 있었다.

그것은 특별한 축에 들어가는 정예 흑사자들에게도 매우 버
거운 속도였는지라 북평에 도착한 그들은 그야말로 녹초가 되
었다.

하지만 사도진악은 고삐를 늦추지 않았다.

북평을 눈앞에 두고서야 겨우 발길을 멈춘 그는 고작 일다
향의 휴식만을 허용했다.

정확히 일다향이 지나자 그는 수하들을 독려해서 성내로 진
입했고, 곧장 설인보의 사택을 향해 달려갔다.

그리고 설인보의 사택인 사합원 주택이 시야에 들어오기 무
섭게 가차 없는 명령을 내렸다.

"설인보의 내자와 여식만 살리고 나머지는 그게 누구든 다
죽여 없애라!"

자시(子時 : 오후 11시~오전 1시), 서북풍이 실어 온 모래먼지로 인
해 밤하늘이 뿌옇게 흐려져 어둠이 더욱 짙어진 밤이었다.

사도진악의 명령을 받은 백 명의 흑사자들은 살기를 갈무리
한 채 설인보의 사택인 사합원 주택을 에워싸며 일거에 사방에
서 뛰어들었다.

마구잡이식으로 우르르 뛰어드는 것 같지만, 사실은 그렇지
가 않았다.

한 명의 뒤를 두 명이 보좌하는 삼일일조로, 다수가 소수를
상대함에 있어 더 없이 유효적절한 전투 대형이었다.

그들, 흑사자들은 분명 무림인이면서도 이런 식의 집단 전투
에 익숙한 고수들인 것이다.

거센 폭풍이 그들의 일각을 때린 것은 바로 그때였다.

펑-!

단단하게 조여졌던 가죽 북이 터져 나가는 듯한 폭음이었다.

그 뒤로 서너 명의 흑사자들이 비명을 지르며 날아갔다.

"퀵!"

"으악!"

간발의 차이로 사합원 저택의 지붕에 올라선 사도진악은 대
번에 그것이 누군가의 장력에 의한 것임을 파악하며 재빨리 그
누군가를 찾았다. 그리고 바로 찾아냈다.

사합원 저택의 중심인 정원에 초로의 노인 하나가 우뚝 서
있었다.

"저 늙은이가 그 늙은이인가?"

사도진악은 즉시 자신의 곁을 지고 서 있는 흑사자들의 대형
흑룡에게 명령했다.

"네가 잡아라!"

"옙!"

흑룡이 대답과 동시에 신형을 날려서 노인을 덮쳐 갔다.

그사이 노인의 손에 들려 있던 빗자루에서 칼이 뽑혀서 휘둘러졌다.

일장을 날려서 제일 먼저 저택으로 진입하는 서너 명의 흑사자를 날려 버린 노인, 한당은 곧바로 빗자루 대를 칼집으로 사용하는 칼을 뽑아서 전광석화처럼 휘두르는 것으로 순식간에 세 명을 더 베어 넘겼다.

사삭-.

미약한 파공음뿐.

비명은 없었으나, 확인할 필요는 없었다.

그는 다른 건 몰라도 사람의 목숨을 끊어 버리는 데 일가견을 가진 전문가였기 때문에 칼끝에서 전해지는 감촉만으로도 상대의 생사를 능히 확인할 수 있었다.

당연히 세 명 다 즉사였다.

그래서 한당은 즉시 새로운 목숨을 끊으려고 했으나, 그럴 수가 없게 되었다.

무지막지한 기세가 그를 덮치고 있었다.

한당은 자세를 틀어서 수중의 칼을 사선으로 쳐들었다.

공격을 방어로 전환한 것이다.

깡-!

거친 금속성이 터졌다.

깨진 강기가 불똥처럼 튀는 가운데, 칼을 잡은 한당의 손이

쩌릿하게 마비되었다.

마주친 칼에서 일어난 엄청난 반탄력이 한당을 거세게 밀었다.

한당은 밀려나지 않았다.

대신 그의 발이 발목까지 땅에 박혀들었다.

그제야 그가 확인한 상대, 흑룡이 누런 이를 드러내며 히죽 웃었다.

"늙은이, 너는 내꺼다!"

냉연은 쾌속한 검격으로 두 명의 흑사자를 내치는 순간에 한당이 밀리는 것을 보았다.

놀랍기 이전에 당황스러운 일이었다.

한당의 실력을 익히 잘 알기 때문이었다.

일격에 한당을 밀어붙일 수 있는 고수는 실로 드물었다.

채챙—!

냉연은 수중의 칼을 크게 휘두르는 것으로 다시금 신속하게 쇄도하는 세 명의 흑사자를 사납게 밀어내며 주변을 살폈다.

나양과 수화는 십여 명의 흑사자들을 상대로 접전을 벌이고 있었다.

오늘 담은 넘은 자들은 이전의 자들과 같은 복색이었으나,

실력은 극명한 차이를 보이는 고수들이었던 것이다.

결국 그녀가 나서서 한당을 도와야 한다는 결론이었는데, 그럴 수가 없었다.

다수의 흑사자들이 그녀를 공격하고 있었고, 그 뒤에는 또다시 다수의 흑사자들이 호시탐탐 덤벼들 기회를 엿보고 있었다. 침범한 자들의 공격이 그녀에게 집중되고 있는 것이다.

이유는 뻔했다.

그녀의 뒤에 양화와 설무연이 있는 것이다.

"나를 넘어설 수 있을 것 같으냐!"

냉연은 부릅뜬 눈으로 호기를 부리며 칼을 휘둘러서 잠시 한눈을 판 그녀를 노리던 흑사자 하나의 목을 베어 버렸다.

그리고 그자의 머리가 허공으로 떠오르는 순간에, 그 뒤를 따르던 흑사자들을 향해 다른 손을 휘둘렀다.

휘리릭-!

그녀의 손에서, 정확히는 소매 속에서 길게 뻗어 나간 비단 끈이 창처럼 꼿꼿하게 펴진 상태로 흑사자들을 휩쓸었다.

서너 명의 흑사자들이 그 비단 끈의 서슬에 목이 끊어지고 몸이 잘려서 두 번 다시 돌아오지 못할 길로 떠났다.

비록 목숨을 잃을 정도는 아니나, 손목이 잘리고, 몸이 베인 서너 명의 흑사자들도 비명을 지르며 바닥을 나뒹굴고 있었다.

"컥!"

"크악!"

냉연은 그 틈에 한당을 도울 수 있을까 생각했지만, 그럴 여유가 사라졌다. 그 순간에 어디선가 쇄도한 무지막지한 경력이 그녀를 강타했기 때문이다.

그녀는 반사적으로 칼을 휘둘러서 쇄도하는 경력을 베었다.

쾅—!

거친 폭음이 터지며 냉연의 신형이 뒤로 주룩 밀려 나갔다.

간신히 버틴, 정확히는 누군가 손을 내밀어서 받쳐 준 덕에 자세를 바로한 그녀는 절로 울컥 한모금의 피를 토했다.

분명 쇄도하는 장력을 칼로 베어 냈음에도 불구하고 그 여파가 그녀에게 적잖은 내상을 입힌 것이다.

"괜찮아요!"

냉연은 자신의 등을 받쳐 준 손의 주인이 바로 양화임을 알기에 애써 냉정하게 대처하며 자세를 바로했다.

양화가 그때 신음처럼 중얼거렸다.

"사도진악!"

냉연은 그제야 면전에 내려선 상대를, 바로 자신을 공격한 사도진악을 확인하며 안색을 굳혔다.

사도진악이 그런 그녀를 바라보며 빙그레 웃었다.

"이제야 알겠다. 제법인 계집이다 했더니만, 이십팔숙의 하나인 혈지매화(血舐梅花)로구나."

냉연의 본색이 드러나는 순간이었다.

하지만 그녀는 사도진악의 말과 상관없이 냉정을 유지한 채 말했다.

"아무래도 피하셔야겠는걸요?"

뒤에 있는 양화에게 건네는 말이었다.

양화가 그녀의 말을 무시하며 옆으로 나섰다.

"내가 그럴 수 있을 것 같아?"

양화의 손에는 과거 그녀의 애병인 설린이 예리한 빛을 발하고 있었다.

냉연이 애써 냉정을 가장한 채로 말했다.

"진정하세요. 저들의 목적은 아씨와 아기씨입니다. 왜 그럴까요? 장군님과 도련님을 노리는 겁니다. 장군님과 도련님에게 짐이 되고 싶으세요?"

"하지만……!"

"지금은 저에게도 아니, 우리에게도 짐이십니다! 우리가 아씨와 아기씨를 곁에 두고 어떻게 제대로 싸울 수 있겠습니까!"

"……!"

양화가 망설였다.

의도적인 것처럼 가만히 그녀들의 대화를 듣고 있던 사도진악이 웃었다.

비웃음이었다.

"과연 내 손에서 빠져나갈 수 있을까?"

그는 바로 자못 부드럽게 종용했다.

"그보다는 그냥 조용히 무릎을 꿇는 게 어떤가? 약속하는데,

절대 다치게 하지는 않을 것이야. 나는 필요한 물건을 다치게 하는 바보가 아니라네."

"흥!"

냉연이 코웃음을 치며 일갈했다.

"정면으로 나서는 건 겁나서 이렇게 쥐새끼처럼 뒷구멍이나 노리는 늙은이가 입만 살아서는! 되지도 않는 꼴값 떨지 말고 그냥 나서라! 이미 시궁창보다 더 지저분한 밑바닥을 보여 놓고 이제 와서 그게 무슨 개소리냐!"

사도진악의 안색이 변했다. 분노한 기색이었다.

그가 평생 언제 이런 폭언을 들어 봤을 것인가.

"그래, 살아 있을 때 마음껏 지껄여라! 어차피 네년은 명년 오늘이 제삿날로 정해져 있으니까!"

양화가 이를 갈았다.

"저러는데도 내가 가야 해? 도움을 청할 때라고는 왕부밖에 없는데, 지금 왕부의 병력은 전부 다 응천부에 가 있는 거 몰라서 그래?"

냉연이 사정했다.

"어디 도움을 청하라는 게 아니라 그냥 가시라는 겁니다! 제발요! 나 좀 제대로 한번 싸워 보게요!"

양화가 머뭇거렸다.

사도진악이 그 순간에 손을 뻗으며 쇄도했다.

그냥 마주쳐서는 절대 안 될 것 같은 느낌을 주는 검붉은 기운이 이글거리는 손이었다.

냉연은 반사적으로 칼을 휘둘러서 방어했다.

깡—!

강철로 제련된 칼과 피육으로 만들어진 손이 충돌했는데 어이없게도 쇳소리가 터졌다.

그리고 냉연이 휘청거리며 뒤로 밀렸다.

"어디 한번 더 재잘거려 보거라!"

사도진악이 아무렇지도 않게 재차 쇄도하며 손을 내밀었다. 바로 기분 나쁜 기운이 서린 그 손이었다.

냉연이 아직 중심을 잡지 못한 그때!

취리릭—!

측면에서 한줄기 섬광처럼 뻗어 온 비단 끈이 사도진악의 손목을 휘감아서 냉연을 구했다.

나양이 뻗어 낸 비단 끈이었다.

"흥!"

사도진악이 코웃음을 치며 비단 끈이 감긴 손목을 당겼다.

대체 그 손에 어느 정도의 힘이 담겼는지는 몰라도 비단 끈을 잡고 있는 나양이 허무하도록 속절없이 주룩 딸려 왔다.

사도진악이 실소를 머금은 채 나양이 딸려 오는 방향으로 다른 손을 내밀었다.

갈고리처럼 오므려진 그 손 역시 그냥 마주쳐서는 절대 안 될 것 같은 검붉은 강기가 이글거리고 있었다.

"익!"

냉연은 즉시 칼을 잡지 않은 다른 손을 길게 뻗어 냈다.

그 손의 소매에서 뻗어 나간 비단 끈이 사도진악의 손목을 뱀처럼 휘감았다.

그 순간에 비단 끈을 당겨서 나양의 목을 노리던 사도진악의 손아귀의 방향을 틀어 버린 그녀는 다급하게 외쳤다.

"어서요!"

양화는 얼떨결에 뒤로 물러났다.

그사이에 뒤쪽에 있던 설무연이 튀어 나갔다.

냉연을 도우려는 것이었다.

양화는 그야말로 반사적으로 튀어 나가는 설무연의 뒷덜미를 낚아챘다.

"가만히 있지 못해!"

"하지만 유모가……!"

설무연이 울상을 지었다.

양화도 절로 입술을 깨물고 그녀를 당기며 물러났다.

그녀가 물러나는 사이에 사도진악이 아무렇지도 않게 버티고 서서 두 개의 비단 끈에 휘감긴 손을 당겼다.

나양과 냉연이 버티지 못하며 질질 끌려가고 있었다.

"익!"

양화는 도망치는 것을 포기하고 앞으로 나섰다.

그러다가 문득 섬광처럼 뇌리를 스치는 무언가를 느끼며 허겁지겁 품을 뒤졌다.

이내 그녀가 품에서 꺼낸 것은 지난날 설무백이 건넨 붉은 주머니였다.

그녀는 서둘러 주머니 속을 뒤졌다.

주머니 속에는 작은 죽지 하나가 들어 있었다.

무조건 북경상련으로 가세요! 거기 총수인 방양은 하늘이 무너지 고 땅이 꺼져도 어머님을 도울 겁니다!

양화는 절로 미소를 지으며 중얼거렸다.

"하늘이 무너지고 땅이 꺼지면 다 죽는 거 아닌가?"

말과 달리 그녀는 즉시 신형을 날려서 사도진악의 손목에 감겨서 나양과 냉연를 당기고 있는 비단 끈을 후려쳤다.

단순한 비단으로 보이지만 사실은 천잠사로 연결되어 있어서 질기기가 교룡의 가죽보다 더한 비단 끈도 천하십대천병의 하나인 그녀의 애병, 설린의 서슬은 견디지 못하고 끊어져 나갔다.

일거에 끊어지지는 않았으나, 일각이 베어지며 늘어지다가 이내 연이어 끊어져 떨어졌다.

티디디딕-!

예리한 소음과 줄다리기를 하고 있던 세 사람의 거리가 한순간에 벌어졌다.

사도진악은 그저 상체를 휘청거리는 것이 다였으나, 끌려가지 않기 위해서 안간힘을 다하던 나양과 냉연은 뒤로 나뒹굴고 있었다.

양화는 그걸 이미 예상하고 있었기에 더 없이 빠르게 냉연을 부축해서 일으키며 속삭였다.

"북경상련! 무조건! 알았지?"

냉연은 대답은커녕 안색의 변화조차 없었다.

그녀는 자신이 보인 반응이 다른 악재로 작용할 수 있다는 생각까지 할 정도로 치밀한 사람이었다.

양화는 그런 그녀의 성품을 익히 잘 알기에 더는 말하지 않고 즉시 설무연의 손목을 낚아채며 지상을 박차고 날아올랐다.

"잡아라!"

사도진악이 설마 그녀가 도주할 거라고는 예상하지 못했는지 다급하게 소리쳤다.

그러나 이미 마음을 정한 양화는 뒤도 돌아보지 않고 전력을 다해서 경공을 발휘했고, 그 바람에 수십 명의 흑사자들이 연이어 신형을 날려서 자신을 따라오는 것을 몰랐다.

그리고 또 몰랐다.

연이어 신형을 날리는 흑사자들의 대부분이 어디선가 날아온 다수의 암기에 적중당하거나 혹은 다급히 피하느라 다시 지상으로 내려서고 있었다.

설인보의 사합원 주택에서부터 연왕부를 제외하면 고루거각이 가장 많다는 북경성 동부, 왕부정대가에 자리한 북경상련의 대저택까지는 그리 멀지 않았다.

　　어지간한 경공술을 익힌 고수라면 쉬엄쉬엄 가도 한 시진이면 닿을 거리였다.

　　상당한 경신술을 가진 양화가 전력을 다하자, 그 시간은 불과 반 시진 이내로 단축되었다.

　　나름 추격자들을 의식해서 이리저리 방향을 바꾸며 이동했음에도 그랬다.

　　북경상련의 총단인 대저택은 자시(子時 : 오후 11시~오전 1시)가 넘은 늦은 밤임에도 사방에 불이 밝혀져 있고, 대문은 들락거리는 사람들로 북적거렸다.

　　오늘을 마감하는 건지 내일을 준비하는 건지는 모르지만, 영내를 오가는 짐수레도 적지 않았다.

　　양화는 사람이 살고 있는 것 같은 그 모습과 그 소음에 절로 한시름 놓으며 북경상련의 총수인 방양을 찾았다.

　　그건 어렵지 않은 일이었다.

　　그저 문가의 무사에게 자신의 신분을 밝히고 방양을 만나러 왔다고 말하자, 주변에 있던 모든 무사가 우르르 달려들어서 관심을 보이며, 누구는 안으로 서둘러 기별을 넣고, 다른 누구는 직접 나서서 안내를 했다.

다만 양화의 마음은 마냥 조급했다.

설무백이 건네준 주머니의 죽지 내용이 사실이라면 서둘러 방양에게 도움을 청해서 냉연 등을 구하려는 생각이 절실했기 때문이다.

다행스럽게도 죽지의 내용은 한 치도 어김이 없었다.

무사들의 안내를 받아서 모처로 가는 도중에 그야말로 버선발로 뛰어나온 방양이 그들, 모녀를 맞이했다.

무엇을 하다가 나왔는지는 몰라도 꼬질꼬질한 얼굴에 작달막한 키와 배불뚝이 몸이고, 무엇보다도 평범해 보이는 젊은 청년이라 양화는 처음에는 그가 방양인 줄 몰랐다.

어지러운 작금의 시국에도 강북의 상권을 주무르는 북경상련의 총수씩이나 되는 인물이라면 무언가 특출한 구석이 있을 거라고 생각했는데, 전혀 그런 점이 보이지 않았기 때문이다.

그러나 허겁지겁 뛰어나온 그 배불뚝이 청년이 바로 북경상련의 총수인 방양이었다.

"어서 오십시오, 어머님! 오래된 치부책을 들추다가 나와서 이 모양 이 꼴이니 너그럽게 이해해 주십시오, 어머니!"

"어, 어머니……?"

"뭘 그리 놀라십니까, 어머니! 설 가 그 친구의 어머니시니 제게도 어머니시지요! 자, 자, 여기서 이럴 게 아니라 어서 안으로 드시지요. 어머니!"

"아……."

양화는 얼떨결에 방양을 따라나서며 그제야 방양의 특출한 점을 하나 발견했다.

방양의 서글서글하고 싹싹한 일면은 도무지 처음 보는 사람이라고 느껴지지 않을 정도로 호감이 가게 하는, 즉 홀리는 재주가 있었다.

그 바람에 그녀는 방양의 거처로 보이는 전각의 대청에 들어선 다음에야, 그것도 방양의 질문을 듣고 나서야 자신의 실태를 깨달았다.

"한데, 이 늦은 시간에 어인 일로 저를 다 찾아오신 겁니까, 어머님?"

"아!"

양화는 그제야 정신을 차리며 말했다.

"저기 부탁이 있어요! 다름이 아니라 우리 집에……!"

"그러지 마시고, 편하게 말씀하십시오, 어머님. 아들에게 존대를 하는 어머니가 세상천지 어디에 있습니까, 어머님."

"아, 예. 아니, 그러지! 아무튼, 지금 우리 집에 낯선 무리가 침입을 해서 가솔들이 위험에 취해 있네! 그러니 가능하다면 무사들을 좀 내줘서 도와주게!"

"아니, 그런 일이……! 알겠습니다! 걱정하지 마십시오, 어머님!"

방양은 놀라서 즉시 대답하고는 왠지 모르게 갑자기 화가 난 얼굴로 변해서 소리쳤다.

"아보! 자건! 지금 당장 부총수와 장(張) 국주를 호출하고, 초빈(楚彬) 이 녀석을 잡아와라!"

"옙! 어……?"

대청의 밖에서 바로 대답이 들리더니, 이내 그 목소리가 당황하는 기척이 있었다. 그리고 그 뒤로 사방에서 산발적인 폭음이 터지며 단말마의 비명이 연이어 터졌다.

"으악!"

"크아아악!"

제법 멀리서 들려오는 소리였으나, 분명 북경상련의 영내에서 터진 폭음이고, 비명이었다.

때를 같이해서 대청의 문이 열리며 몇몇 사내들이 다급히 뛰어 들어왔다.

"어……?"

가뜩이나 갑자기 터진 폭음과 비명에 놀란 방양이 새삼 당황했다.

다급하게 대청으로 뛰어들어온 사람들이 방금 전 그가 부르라고 명령한 부총수 연소동과 북경상련이 가진 무력의 중심인 중원표국의 신임국주 장진(張嗔)이었으며, 그 곁에는 방금 전 그가 서슬 퍼런 호통으로 잡아들이라 했던 그의 경호대인 백검대의 대주 초빈도 함께였기 때문이다.

방양이 당황스러워하는 사이, 벌게진 얼굴의 그들이 너나할 것 것이 앞다퉈 보고했다.

"정체 모를 적이 난입했소, 총수!"

"총수님, 쾌활림의 사도진악이 이끄는 흑사자들이 설 공자님의 본가를 공격했습니다!"

"총수님, 후문가의 철물과 병기 창고가 정체 모를 적의 공격으로 폭발했습니다!"

"총수님! 후문의 경계가 무너지고……!"

"총수님! 서문의 경계가……!"

부총수 연소동과 백검대의 대주 초빈, 중원표국의 신임국주인 장진의 아우성이었다.

방양이 거짓말처럼 냉정해져서 거칠게 발을 구르며 소리쳤다.

"조용, 조용!"

모두가 흠칫 놀라며 입을 다물었다.

방양이 그제야 냉정한 신색으로 그들을 둘러보다가 초빈을 향해 윽박질렀다.

"늦었다 이놈아! 여기 벌써 어머님께서 와 계신 거 안 보여? 내가 그렇게나 신경 쓰라고 거듭 당부했는데……! 아무튼, 너 나중에 두고 보자!"

초빈이 방양의 말을 듣고서야 대청에 있는 양화와 설무연을 발견하고는 두 눈이 휘둥그레졌다.

사실 그도 나름 최대한 전력을 다해서 달려온 수하의 보고를 듣고 나선 참이었는데, 양화의 경공술이 워낙 빨랐던 것이다.

양화는 이제야 방양이 남몰래 자신의 집을 살피고 있었음을 알고는 적잖게 마음이 뿌듯했으나, 지금은 그런 감정에 취할 때가 아니라고 생각하며 몸이 달았다.

그녀는 지금 북경상련을 공격하는 것이 사도진악 일당이라고 생각하는 것이다.

그런데 그게 아니었다.

이내 연소동과 장진을 향해 던져진 방양의 질문으로 인해 그 사실이 드러났다.

"누굽니까? 쾌활림인가요?"

"……?"

연소동이 잠시 어리둥절해하다가 바로 대답했다.

"갑자기 쾌활림은 왜……? 아니오! 하나같이 낯선 자들인데, 중원에서 흔히 볼 수 없는 괴이한 무공을 쓰는 자들이오! 특히 칼을 쓰는 자들은 괴리감이 들 정도로 자신의 몸을 돌보지 않고 상대의 사각을 노리는 파격적인 수법을 사용하고 있소!"

장진이 나서서 부연했다.

"마교의 무리가 아닌가 싶습니다! 역검의 자세를 취하는 자들이 적지 않아서 혹시나 해남검파의 무리가 아닌가 했는데, 다들 검이 아니라 도를 사용하고 있습니다!"

방양의 눈빛이 가늘게 좁혀졌다.

생각이 깊어진 것이 그렇게 드러나는 것 같았다.

밖에서는 다수의 싸움이 뒤엉켜서 싸우는 소리와 비명이 들렸고, 그들의 대청 밖으로는 북경상련의 요인들이 다급한 기색으로 속속들이 몰려들고 있었으나, 그는 조금도 동요하지 않고 있었다.

이윽고, 생각에서 깨어나서 정상의 눈으로 돌아온 그가 연소동과 장진을 향해 물었다.

"막을 수 있겠소?"

연소동과 장진이 어두워진 낯빛, 기어 들어가는 목소리로 대답했다.

"어렵습니다. 우리 상련이 가진 무력의 절반 이상은 밖에 나가 있고, 무엇보다도 공손축 등 잔결방의 고수들이 산서 지부를 정리하는 일로 자리를 비웠습니다. 게다가 병력의 차이는 고사하고, 저들의 무위는 실로 우리 애들이 상대할 수 없는 경지입니다."

"……"

방양은 다시금 고심에 빠진 표정을 짓다가 이내 눈을 빛내며 말했다.

"좋아! 우선 초빈 너는 지금 당장 경호대 인원 전부 다 추려서 장군님의 집으로 가라! 서둘러라!"

"아니, 저희는 총수님을……!"

"까불지 말고 어서 달려가! 내 목숨은 내가 알아서 지킬 테니까!"

깡마른 체구에 해골 같은 인상의 초빈이 어쩔 수 없다는 듯 서둘러 밖으로 나갔다.

"나도 같이⋯⋯!"

양화가 나섰다.

방양이 재빨리 그녀의 앞을 막으며 울상으로 사정했다.

"그러지 마십시오, 어머님! 지금 어머님을 보냈다가는 나중에 제가 무백이에게 맞아 죽습니다! 저 좀 제발 살려 주십시오, 어머님!"

이렇게까지 말하는데 어찌 가겠다고 고집을 부릴 수 있을 것인가.

양화는 못내 냉연 등의 안위가 걱정되었지만, 어쩔 수 없이 물러났다. 대신 다른 생각이 들어서 다시 나서며 말했다.

"그럼 여기 싸움이라도 돕겠네. 그럴 수 있게 해 주게."

"무슨 그런 큰일 날 말씀을⋯⋯!"

방양이 기겁하며 손사래를 쳤다.

"그는 더욱 안 될 말씀이십니다, 어머님! 그랬다가 설 가 녀석이 저를 때려 죽이는 게 아니라 찢어 죽일 겁니다, 어머님!"

양화는 실로 난감했다.

성격상 그녀는 이대로 가만히 있을 수만은 없었다.

그때 방양이 빙그레 웃으며 말했다.

"걱정 마십시오, 어머님. 제게 비장의 한 수가 있으니까요. 비록 그게 어떤 수인지는 아직 모르지만요."

양화는 말을 하면서 품을 뒤지는 방양의 태도를 보고는 어째 알 것 같은 느낌이 왔는데, 과연 그녀의 느낌이 옳았다.

방양이 품에서 꺼낸 것은 바로 설무백이 그녀에게 준 것과 같은 붉은 주머니였다.

"무백이가 전해 준 겁니다. 그 녀석 제가 이런 위기가 닥칠 것을 미리 알고 있었나 봅니다. 하하……! 어디, 과연 무슨 내용이 있을 려나……?"

방양이 실로 호기심이 동한다는 듯 손바닥을 비비며 주머니의 속을 살폈다.

병장기 부딪치는 소리와 단말마의 비명이 점점 더 가깝게 다가오고 있었으나, 그는 천성이 그런지 추호도 긴장하는 구석이 보이지 않았다.

양화는 그제야 방양에게 또 하나의 특별한 구석이 있다는 사실을 깨달았다.

이 정도의 담량은 실로 어지간한 무인에게서도 절대 찾아볼 수 없었다.

'과연 내 아들의 친구!'

양화가 그런 생각을 하며 상황과 어울리지 않는 미소를 띠울 때였다.

앞선 그녀처럼 주머니 속에서 작은 죽지 하나를 꺼내서 읽는 방양이 한껏 오만상을 찡그리며 투덜거렸다.

"전표를 황금으로 바꾸라고 할 때부터 내가 이럴 줄 알았다."

양화는 왜 그러나 싶어서 물었다.

"왜 그러나? 혹여 할 수 없는 일인가?"

방양이 멋쩍게 웃으며 고개를 저었다.

"그게 아니라 손해가 막심한 일이라서요. 하지만 어쩔 수 없지요. 저도 이 방법밖에 없다고 생각하던 참이었습니다."

"무슨 방법이기에……?"

"폭삭 전법을 쓰라네요."

"폭……삭 전법?"

"아, 예, 그런 게 있습니다."

방양이 새삼스레 멋쩍은 표정으로 웃더니, 이내 안색을 바꾸며 그만 쳐다보고 있는 연소동과 장진, 그리고 어느새 누이들까지 몰려와서 문전성시를 이루고 있는 대청 문밖을 둘러보며 말했다.

"총단을 버립니다! 어서 가서 경종을 쳐요! 전에 내가 말한 대로 다섯 번씩 다섯 번! 다들 그 의미를 알고 있어도 적을 맞아 싸우느라 제때 피할 수 없을 테니, 피해가 막심하겠지만, 지금으로서는 다른 방도가 없습니다!"

연소동과 장진의 안색이 시커멓게 죽었다.

대청의 문밖에서 듣고 있던 사람들도 하나같이 긴장한 모습이었다.

방양이 언제 호인처럼 웃고 있었냐는 듯 사납게 다그쳤다.

"뭐 해요, 어서 서두르지 않고! 그쪽도, 누나들도 어서 정해진 곳으로 가서 숨죽이고 있어! 적어도 사흘은 버티는 거 있지 말고!"

연소동과 장진이 그제야 허겁지겁 밖으로 내달렸다.

대청 문밖에 있던 사람들도 저마다 발 빠르게 움직여서 우르르 돌아갔다.

그렇게 그들이 떠나간 자리에는 오직 한 사람만이 남아 있었다.

방양의 일곱째 누이인 방로아의 남편이자, 화기 제조의 명가로, 일명 산서뇌화가라 불리는 산서벽력당의 종손인 염마수 도염무가 바로 그 한 사람이었다.

방양은 그를 향해 더 없이 정중하게 공수하며 말했다.

"계획대로 경종이 끝나고 나서 정확히 일각이 지난 다음입니다! 부탁합니다, 자형!"

도염부가 무거운 표정으로 말없이 고개를 끄덕이며 돌아서서 사라졌다.

방양은 잠시 그대로 서서 무거운 한숨을 내쉬었다. 그리고 다시 예의 서글서글한 청년으로 돌아가서 어렵사리나마 웃는 낯으로 양화를 보며 말했다.

"저를 따라오세요, 어머니."

양화는 알게 모르게 한없이 무거워진 분위기에 휩쓸려서 아무런 말도 못하고 방양을 따라갔다.

방양은 대청의 뒤에 펼쳐진 거대한 병풍의 뒤로 그녀와 설무연을 안내했다.

산수화가 그려진 열두 폭짜리 거대한 산수화의 뒤에는 작은 철문이 하나 달려 있었고, 그 철문을 열자 지하로 내려가는 계단이 나왔다.

등불 대신 야명주가 밝히는 가운데, 마치 달팽이처럼 빙글빙글 돌아가며 무려 지하로 십여 장이나 내려가도록 되어 있는 계단이었다.

뎅뎅뎅뎅뎅-!

계단을 내려가는 도중에 다섯 번씩 연결되는 경종이 울리기 시작했다.

그 종소리가 거의 다 끝나갈 무렵 도착한 계단의 끝에는 또 하나의 작은 철문이 달려 있었다. 그리고 그 철문을 흡사 여느 가옥의 내실처럼 꾸며진 공간이 나왔다.

"죄송하지만, 여기서 나흘을 지내셔야 합니다, 어머님."

방양이 실로 죄송스럽다는 표정으로 말하며 철문을 견고하게 닫고 있었다.

그리고 얼마나 지났을까?

양화가 그냥 이렇듯 사전에 만들어 놓은 밀실에 숨어서 적이 돌아가기를 기다리는 건가 하고 생각할 때쯤 밀실이 흔들릴 정도로 요란한 폭음이 연속해서 일어났다.

연속해서 일어나는 폭음임에도 시작과 끝이 무려 일각을 넘기는 엄청난 폭음이었다.

양화는 그제야 알았다.

북경상련의 거대한 저택이, 그 드넓은 대지가 통째로 날아가고 있었다.

북경상련의 총단인 거대한 저택이 통째로 날아가기 직전, 정확히는 다섯 번씩으로 이어지는 경종이 요란하게 울리기 시작한 시점이었다.

사도진악은 도주한 양화 모녀의 뒤를 추격해서 북경상련으로 들어서고 있었다.

그리고 북경상련의 영내로 들어서고 나서야 확실하게 알았다.

북경상련이 누군가의 공격을 받고 있어서 대체 무슨 일인가 싶었는데, 낯익은 사내와 마주쳤기 때문이다.

과거 마교의 총단에 갔을 때 안면을 익혀 둔 사람이었다.

당시 마도오문의 하나인 광천문의 문주 광천패도 부의기 뒤에 시립해 있던 두 사람 중 하나, 광천마검(狂天魔劍) 부흠(部歆)이었다.

'부의기의 친동생이라지 아마?'

사도진악은 바로 알은척을 했다.

북경상련의 영내로 들어서는 그를 적으로 간주하는 듯 험악하게 다가오는 마도의 고수를 그냥 모르는 척할 수는 없었다.

"이런, 이거, 광천가의 전위대를 맡고 계신 부흠, 부 대장이 아니시오?"

광천마검 부흠이 그제야 사도진악을 알아보았다.

"이게 누구요? 사도 림주가 아니오? 사도 림주가 여긴 어쩐 일로……?"

인사는 안 받고 대뜸 의심의 눈초리였다.

'하여간 건방진 놈들이라니까!'

사도진악은 속으로야 욕은 했지만 감히 겉으로 내색할 생각은 하지 못했다.

대신 약간의 지적은 괜찮을 것이다.

"저야 중원에 사는 사람 아닙니까. 어쩌다 보니 이쪽에 볼일이 생겨서요. 한데, 놀랍군요. 마도오문은 아직 중원으로 들어오는 길이 열리지 않은 것으로 아는데, 혹시 풀린 겁니까?"

부흠의 안색이 살짝 굳어졌다.

치부가 드러나서 거북한 것인지, 굳이 그 치부를 들춰내는 그가 거북한 것인지는 모른다. 아니, 둘 다일 것이다.

적잖게 기분이 상한 표정이었다.

그 상태로, 그가 퉁명스럽게 대꾸했다.

"마교총단의 늙은이들이 우야무야 자기들 멋대로 결정한 그따위 제재가 무슨 대수라고 우리 광천가의 발을 묶을 것이오. 그곳이 어디든 우리 광천가는 언제든 가고 싶을 때 갈 수 있소."

사도진악은 여기까지라고 생각하며 슬쩍 발을 뺐다.

"아, 물론 그렇겠지요. 감히 어느 누가 광천가의 앞을 막겠습니까. 저는 다만 궁금해서요. 다른 가문에서는 종종 저를 불러서 이런저런 심부름도 시키고 하는데, 여태 광천가는 한 번도 그런 적이 없으니, 못내 조금 섭섭하기도 하고 해서 말입니다. 하하……!"

부흠이 살짝 비틀린 미소를 지으며 물었다.

"듣자 하니, 사도 림주는 천사교주와 딱 붙어 있다고 하던데, 그게 아니었나?"

예의상 고개를 숙여 주니, 이젠 아주 대놓고 하대였다.

사도진악은 같잖은 부흠의 언행이 눈에 거슬려 불쾌하기 짝이 없었으나, 한편으로 차라리 이게 낫다는 생각이 들었다.

상대를 무시할수록 그만큼 자신의 허점도 많이 드러낼 수밖에 없는 것이 세상의 이치인 것이다.

그와 같은 생각으로 그는 웃었다.

필요하다면 간이나 쓸개도 얼마든지 빼 줄 수 있는데 고작 하대쯤이야 무슨 대수인가.

"이런, 그건 오해십니다. 저야 부르니까 가는 거지요. 다른 분들은 천사교주님처럼 저를 부르지 않으니 가지 않을 수밖에요. 마교총단의 이공자님도 처음에는 제게 매우 호의적으로 이러저런 얘기를 물으시더니만, 요즘은 어째 잠잠하더이다. 해서, 종종 부르시는 천사교주님의 행사를 도와드렸을 뿐인데, 소문이 그렇게 났나요? 하하하……!"

부흠이 살짝 눈빛이 변해서 물었다.

"그런가? 그럼 우리 형님이 불러도 재깍 달려올 수 있다는 소리네?"

"여부가 있겠습니까."

사도진악은 기꺼운 표정으로 공수하며 잘라 말했다.

"필요하시면 언제든지 불러 주십시오. 아무래도 중원은 제가 조금이라도 더 많이 알고 있을 테니, 그게 무슨 일이든 기꺼이 도와드리겠습니다. 제가 그날 마교총단을 찾아간 이유도 그때문 아니겠습니까."

부흠이 처음과 달리 한결 누그러진 표정으로 고개를 끄덕였다.

"알겠네. 내 형님을 만나면 사도 림주의 생각을 그대로 전해 주도록 하지."

사도진악은 기꺼이 공수했다.

"그러시지요. 기다리고 있겠습니다."

부흠이 이제야말로 일말의 경계심도 없는 태도로 고개를 끄덕이다가 불쑥 물었다.

"근데, 혹시 여기 북경상련에 볼일이 있었던 건가?"

"아닙니다."

사도진악은 손사래를 치며 대답했다.

"근처에 볼일이 있었는데, 마침 여기서 소란이 일어나기에 와 봤을 뿐입니다. 아무려나, 부 대주가 나선 일이고, 보아하니 경종 소리를 듣고도 다들 도망치는 녀석들뿐이라 제가 도울 일은 없을 듯하군요. 그럼 저는 이만 가 보도록 하겠습니다."

정말로 적을 맞이해서 싸우라는 경종이 시끄럽게 울리는 와 중임에도, 북경상련의 무사들은 싸울 생각은커녕 밖으로 도망 치는 데 열을 올리고 있었다.

다만 사도진악은 그와 무관하게 눈치껏 빠져 주려는 것이었 다.

장성을 넘은 광천가가 북경상련을 친 이유는 뻔했다.

본격적인 중원 입성에 앞서 자금을 마련하려는 것일 터였 다.

강북의 상권을 주무르는 북경상련의 자금만 확보할 수 있다 면 향후 중원에 입성한 그들의 행보가 한결 쉬워질 것은 자명 했다.

'물론 나라면 이렇게 불을 싸지르고 애들을 잡아 죽이는 대 신, 우선 총수를 사로잡아서 어떻게든 수하로 부릴 생각을 했 을 테지만……!'

사도진악의 눈으로 볼 때, 이건 실로 화수분(河水盆)을 깨트 리는 짓이고, 황금알을 낳는 거위의 배를 가르는 무식한 짓이 었다.

그래서 내심 후회가 되기도 했다.

'이럴 줄 알았으면 내가 먼저 나섰어야 했는데……!'

사실을 말하자면 그 역시 북경상련이 가진 자금력을 염두에 두고 있었다.

다만 보다 안전하게 통째로 품기 위해서 기회를 엿보고 있

천외천의
주인

었는데, 예기치 않게 나선 광천문 때문에 졸지에 닭 쫓던 개가 지붕 쳐다보는 꼴이 되어 버렸다.

'아끼다 똥 된 격이고, 죽 쒀서 개 준 꼴이네, 젠장! 이럴 줄 알았으면, 죽자 사자 악착같이 발목을 잡던 그 선녀궁의 계집이나 확실하게 처리하고 올 것을……!'

부흠에게 작별을 고하고 돌아선 그는 북경상련을 놓친 것도 아깝고, 양화를 잡으려고 서두르느라 끈질기게 발목을 잡고 늘어지던 연놈들을, 바로 냉연과 한당 등을 제대로 처리하지 못하고 온 것도 아쉬워서 실로 짜증이 났다.

마지막에 전력을 다한 일격을 가했고, 선혈이 낭자한 모습으로 피를 뿌리며 날아가는 모습을 보긴 했으나, 확실히 죽음을 확인하지 않은 것이 분해서 정말 울화기 치밀었다.

그런데 그런 속도 모르고 곁을 따르는 흑룡이 눈치도 없이 무식한 말로, 그것도 딴에는 조심한답시고 낮은 속삭임으로 그의 속을 긁었다.

"주군, 양화 그 계집년과 딸년은 어떻게 하고 이대로 가시는 겁니까? 천사교주와의 약속이라 절대 놓치면 안 된다고 하지 않으셨습니까?"

사도진악은 짜증에 짜증이 더해져서 대번에 안색을 붉히다가 이내 상대가 아둔한 흑룡임을 인지하고는 한숨을 내쉬며 말했다.

"됐다. 이제 잡지 않아도 된다."

"왜요?"

사도진악은 흑룡이 애써 부드럽게 말해 준 것도 모르고 되묻자, 더는 참지 못하고 흑룡의 멱살을 틀어잡고 당겨서 시선을 맞추며 으르렁거렸다.

"여기서 광천문의 무리를 만났지 않느냐! 이보다 더 좋은 핑계가 대체 어디에 있단 말이더냐! 내가 양화 모녀를 놓친 것은 순전히 광천문의 방해 때문이 되는 거다! 알겠냐? 알겠어? 아니, 몰라도 절대 다시 묻지 마라! 다시 물으면 아무리 너라도 목줄을 이로 끊어서 죽여 버리고 말 테니까!"

흑룡은 실로 겁이 없었다.

소위 무식하면 용감하다는 말에 딱 어울리는 사람이 그였다.

지금도 그랬다.

사도진악은 분노에 차서 도끼눈을 뜨고 경고하는데, 그는 그저 두 눈을 멀뚱거리며 고개를 끄덕일 뿐이었다.

대체 알아서 알았다고 하는 건지, 모르지만 그냥 알았다고 하는 건지조차 알 수 없는 태도였다.

사도진악이 그 반응을 보고 분노를 더하는데, 갑자기 미간을 찌푸린 흑룡이 코를 킁킁거리며 밑도 끝도 없이 말했다.

"냄새가…… 화약 냄새가 나는데요, 사부님?"

"이놈이, 갑자기 어디서 무슨 화약 냄새가 난다고……!"

사도진악은 분노에 차서 악을 쓰다가 일순 그대로 굳어졌다.

진짜로 어디선가 화약 냄새가 나고 있었다.

천외천의
주인

순간, 그의 뇌리로 앞서 경종이 울리는 가운데 싸울 생각은 않고 걸음아 나 살려라 하며 미친 듯이 밖으로 도망치던 북경상련의 무사들의 모습이 주마등처럼 스쳐 지나갔다.

"여기를 벗어나라!"

사도진악은 발작적으로 소리치며 지상을 박차고 날아올랐다.

그 순간이었다.

쾅! 꽈광-! 꽈과과꽈광-!

엄청난 연쇄 폭발이 일어나며 대지가 치솟았다.

북경상련의 영내가 통째로 뒤집어지는 폭발이었다.

설무백이 그 얘기를 들은 것은 혈뇌사야와 함께 천사교주의 종적을 찾아서 호북성과 안휘성의 성 경계를 훑고 있을 때였다.

일전에 북평의 동향을 보고하고 돌아간 흑비희가 얼마나 사력을 다해서 달려왔는지 온몸이 땀에 흠뻑 젖고 머리가 산발된 모습으로 다시 그를 찾아와서 보고했다.

"사도진악이 흑사자들을 이끌고 주, 주군의 본가를 공격했습니다! 그리고 당일 북경상련의 총단이 거대한 폭발로 완전히 폐허로 변했다고 합니다!"

설무백은 더 듣지 않고 그대로 지상을 박차고 날아올랐다.

순식간에 그의 신형이 저편 구름 너머에 자리한 점으로 화하했다.

그제야 그가 남긴 말이 혈뇌사야를 비롯해서 그 자리에 남은 사람들의 귓가에 울렸다.

"천사교주는 나중에! 기다려!"

설무백은 실로 전력을 다하고 있었다.

그만큼 그는 몸이 달았다.

어머니의 집이 공격당한 일과 북경상련의 총단이 폭발한 일 중 한 가지만 벌어졌다면 상황이 달랐을지 모른다.

적어도 지금과 같이 미친놈처럼 다급하게 서두르지는 않았을 것이다.

그런데 대체 이게 무슨 운명의 장난인지 모르게 하필이면 사도진악이 어머니의 집을 공격한 것과 북경상련의 총단의 폭발이 같은 날 벌어졌다.

한당이나 냉연 등의 능력을 믿는 마음도 있었지만, 그만큼이나 어머니, 양화의 곁에 있는 북경상단의 존재에 의지한 것도 사실인지라 크게 걱정하지 않고 마음을 놓고 있었는데, 공교롭게도 그 두 곳이 동시에 적의 공격을 받았다.

예상치 못한 최악의 상황이 벌어진 것이다.

어머니가 위험했다.

정말 걱정이 됐고, 그만큼 그는 빠르게 달렸다.

그가 이렇게 전력을 다한 경공을 펼친 것은 여태 단 한 번도 없던 일이었는데, 그 속도는 가히 놀라웠다.

산과 들이 그의 발아래로 달렸다.

그의 속도가 얼마나 빠른지 산과 들을 아우르는 대지가 마치 길게 늘어지는 것과 같은 형상을 연출하고 있었다.

모르긴 해도, 지금 달려가는 그의 모습을 볼 수 있는 사람은 작금의 강호무림에서도 손가락에 꼽을 터였다.

결국 그래서 경이적인 상황이 벌어졌다.

호북성과 안휘성의 성 경계에서 출발한 그는 불과 하루가 조금 지난 시점만에 북평에 도착할 수 있었다.

그 바람에 일행 중 그 누구도 그를 따라오지 못했다.

공야무륵이나 요미는 물론, 불편한 다리로 인해 경공에 취약한 철각사는 차치하더라도 천하의 검노와 환사도 따라가지 못했고, 그간 전혀 지치지 않는 모습으로 모두를 무색하게 만들며 설무백의 곁을 따르던 괴물 철면신도 이번에는 예외가 아니었다.

그처럼 경이적인 속도로 북평에 도착한 설무백은 곧장 본가로 달려갔다.

치열한 격전의 흔적이 역력히 남아 있는 집에는 어머니는 물론 가솔들 중 그 누구도 보이지 않았다.

대신 뜻밖의 사람들이 안에서 서성거리고 있었다.

하오문의 묘안초도가 바로 그들이었다.

"마침 저희들이 멀지 않은 곳에 있다가 소식을 듣고 먼저 왔는데, 주군께서 바로 오실 줄 알고 기다렸습니다!"

설무백은 거두절미하고 물었다.

"찾아봤어?"

묘안이 대답했다.

"주변을 수소문해서 당시 상황을 알아본 결과 희망적입니다! 다른 분들에 대해서는 아직 밝혀진 것이 없지만, 주군의 어머님과 동생분은 놈들의 기습이 벌어진 직후에 탈출하신 것 같습니다!"

"그게 북경상련의 총단이 폭발하기 전이야 후야?"

"전입니다!"

설무백은 그나마 한시름 놓았다.

얼마나 마음을 졸였는지 전신의 맥이 풀리는 느낌이었는데, 아직은 이럴 때가 아니라는 생각으로 마음을 다잡았다.

"알았어! 그럼 나는 지금 북경상련으로 가 볼 테니까, 식구들의 종적 좀 확실하게 찾아봐!"

묘안이 돌아서는 그에게 급히 말했다.

"거기 폐허를 지키는 자들이 있습니다! 당시 북경상련을 공격했던 마교의 무리로 보이는데, 워낙 범상치 않은 실력에 예민한 감각을 가진 자들이라 저희들은 감히 접근할 수가 없어서, 아직 정체를 밝히지 못했습니다!"

설무백의 입가에 절로 미소가 맺혔다.

실로 서릿발보다도 더 싸늘하게 느껴지는 미소였다.

"잘됐네!"

묘도는 절로 오싹해져서 몸서리를 쳤다.

다른 사람을 향한 분노임에도 그조차 두려움을 느꼈던 것인데, 그 순간, 설무백의 신형은 이미 사라지고 그 자리에 없었다.

신위神威

폐허로 변한 북경상련의 총단을 지키고 있는 자들은 광천마검 부흠의 수하들이었다.

대저택이 통째로 뒤집어지는 거대한 폭발 속에서도 광천마검 부흠은 죽지 않았다.

간발의 차이로 무사히 폭발의 현장을 벗어날 수 있었다.

그 정도는 되는 고수가 그였던 것이다.

그러나 이번 일에 동원된 그의 수하들은, 바로 광천가의 정예들은 거의 다 떼몰살을 당해 버렸다.

삼백 명을 동원했는데, 생존자는 고작 삼십여 명의 다였다.

그마저 십여 명은 만일의 사태를 대비해서 외곽에 남겨 둔 인원이었고, 나머지 인원의 절반은 폭발의 여파로 팔다리가 날아가거나 적잖게 상처 입은 몸으로 겨우 빠져나왔다.

부흠은 크게 분노했으나, 냉정을 잃지는 않았다.

계획에도 없이 생존한 수하들로 하여금 폐허로 변한 북경상련의 총단을 지키도록 한 이유가 거기에 있었다.

그는 이번 사태에 필시 무언가 음모가 내제되어 있을 것이라 생각했고, 더 나아가서 북경상련이 그저 막무가내로 동귀어진을 하기 위해서 이따위 무지막지한 자폭을 했을 거라고는 생각하지 않았기 때문에 수하들을 남겨서 끝까지 살피게 한 것이다.

다만 부흠의 명령은 제대로 수행되지 않고 있었다.

그가 남기고 간 광천문의 마졸들은 그만큼이나 분노한 데다가, 그와 달리 감정을 통제하는 능력이 현저하게 떨어졌기 때문이다.

특히 부흠이 남긴 마졸들의 공동 수뇌인 혈소(血笑)와 광도(狂刀)는 그 이름이 말해 주는 것처럼 광천문 내에서도 잔인하기로 소문난 자들이었다.

그래서였다. 그들은 부흠의 엄명에 따라 폐허로 변한 북경상련을 벗어나진 않았으나, 그 안으로 들어오는 모든 사람을 잔인하게 죽였다.

그야말로 화풀이였다.

그들의 그런 화풀이에 상황을 살피러 나온 관부의 포쾌들은 물론, 본의 아니게 실수로 그 지역에 발을 들여놓은 사람들은 전부 다 죽었다.

천외천의
주인

북경상련의 총단이 폐허로 변한 지 불과 이틀밖에 안 지났음에도 그렇게 죽은 사람의 숫자가 백 명에 달할 정도였는데, 그들은 그것도 모자라 죽은 사람의 배를 가르고 꺼낸 내장을 군데군데 널어 놓거나, 사지를 자른 시체를 장대처럼 긴 대나무에 꽂아 주변에 전시해 두는 등, 극악무도한 짓을 서슴지 않고 자행했다.

북경성 한복판에, 그것도 북경왕부만큼이나 고루거각이 즐비할 정도로 부호들의 주거지로 유명한 왕부정대가의 한복판이 사람의 발길을 거부하는 생지옥으로 변해 버린 것이다.

"다행이군, 살려 둘 가치가 없는 놈들이라서!"

폐허로 변한 북경상련의 총단으로 들어서던 설무백은 절로 그렇게 중얼거렸다.

하오문의 묘안에게 들은 바 그대로 대문이 있던 자리에 사지가 잘리고 배가 갈려서 내장이 흘러내리고 있는 시체가 대나무에 꽂혀 있는 참혹한 광경을 확인한 것이다.

"내려드려."

"옙!"

따라온 묘안과 초도가 발 빠르게 움직여서 대나무에 꽂혀 있는 시체들을 내렸다.

그때 초저녁의 어둠이 내려앉은 저편에서 두 사내가 다가오며 그를 반겼다.

"하여간 중원에는 무지한 애새끼들이 많군. 아직도 오는 놈이 있네그려."

"우리야 심심하지 않고 좋지. 흐흐……!"

"뭐야 근데? 이놈들 감히 우리 작품을 망치고 있네? 아주 간땡이가 부은 놈들인데 그래?"

사내들의 복색은 중원의 그것과 조금 달랐다.

손에 들고 있는 칼도 칼끝에 작은 고리가 매달린 것으로 중원에서는 좀처럼 보기 어려운 형태였다.

그리고 들은 바 그대로 하나같이 범상치 않은 기도를 풍겼다.

쉽게 접근할 수 없었다는 묘안의 말을 수긍할 수 있었다.

행색과 태도는 강호의 파락호 같은데, 강호의 특급 고수에 준하는 기도를 갈무리하고 있는 사내들인 것이다.

설무백은 궁금하지 않을 수 없었다.

"마교의 어디 소속이냐?"

사내들이 어리둥절해했다.

"뭐야, 이놈? 왜 이렇게 무게를 잡고 지랄이야?"

"이런 미친놈, 킄킄! 야, 내가 너에게 그런 걸 대답해 줄 이유가 뭐냐?"

한 놈은 깔보고, 다른 한 놈은 비웃으며 어이없어하고 있었다.

설무백은 무심하게 대꾸했다.

"곱게 죽고 싶으면 말해야지."

사내 하나가 키득거리며 고개를 길게 뺐다.

"어디 한번 죽여 봐라."

보란 듯이 고개를 길게 빼고 있으나, 손에 들린 칼은 검은 기운을 피어 내며 이글거리고 있었다. 다가서면 그대로 설무백의 목을 쳐 버리겠다는 수작이 엿보였다.

설무백은 그 자리에 서서 손을 내밀었다.

정확히는 손가락을 뻗어 낸 것이었다.

순간!

팍-!

"어……?"

짧은 타격음과 함께 목을 길게 빼고 있던 사내가 이해할 수 없다는 표정으로 자신의 가슴을 부여잡으며 풀썩 주저앉았다.

옆에 서 있던 사내도 사정을 모르고 그저 어리둥절해하며 동료와 설무백을 번갈아 보았다.

무극지였다.

천기혼원공에 기반한 절대극강의 지공인 무극신화지, 일명 무극지가 펼쳐진 것인데, 그들 누구도, 정작 당한 사내조차도 그것이 쏘아지는 것을 느끼지 못한 것이다.

"으으……!"

사내가 뒤늦게 고통에 겨워하며 몸부림쳤다.

"아직이야. 폐부로 가는 혈맥만 다쳤기 때문에 바로 죽지는 않아. 내가 곱게 죽이지 않겠다고 말했잖아."

설무백은 어디까지나 무심하게 말하며 가볍게 뻗은 예의 손가락으로 바닥을 기는 사내를 가리켰다.

슈슈슝—!

설무백의 손가락에서 불꽃이 튀는 것 같은 느낌이 들며 미세한 바람소리가 이어졌다.

연속해서 펼쳐진 무극지였다.

바닥을 기던 사내의 몸에서 피가 튀었다.

손과 다리, 허벅지, 복부, 가슴, 목으로 이어지며 튀는 핏물이었다.

"크으으……!"

사내는 비명을 지르다가 결국 늘어졌다.

하지만 죽지는 않았다.

그는 여전히 살아서 사지를 바르르 떨며 고통에 몸부림치고 있었다.

최대한 서서히 죽어 가면서 고통을 은미하도록 만들어 버린 것이다.

설무백은 그제야 그 사내를 외면하며 서 있는 다른 사내에게 시선을 주었다.

"헉!"

사내가 기겁하며 수중의 칼을 쳐들었다.

설무백은 조금도 아랑곳하지 않고 물었다.

"마교의 어디 소속이냐?"

사내가 눈이 커져서 마른침을 삼켰다.

제대로 대답하지 않아서 처참하게 죽은, 아니, 죽어 가는 동료가 옆에 엎어져 있는 것이다.

하지만 그 역시 순순히 대답하지 않았다.

말해 줘서 안 될 것도 없는 이름일 텐데, 오기가 발동했는지 대답 대신 칼을 휘두르며 달려들었다.

"죽어라!"

제법 빨랐고, 위력적인 검기가 일어났다.

그러나 설무백의 눈에는 거북이처럼 느리고 애들 손장난처럼 깊이가 없어서 가소롭게만 보일 뿐이었다.

그는 그저 손을 내밀어서 칼을 휘두르며 쇄도하는 사내의 목을 움켜잡았다.

"컥!"

사내가 허공에서 바동거렸다.

그가 휘두른 칼은 어김없이 설무백의 팔뚝에 닿아 있었지만, 그게 다였다.

어느새 거무튀튀하게 변한 설무백의 팔뚝에는 피는커녕 긁힌 자국 하나 없이 옷자락까지 멀쩡했다.

그의 호신강기조차 뚫지 못한 것이다.

설무백은 다른 손을 뻗어서 바동거리는 사내의 두 팔을 차례대로 하나씩 잡아서 뽑았다.

우둑-!

뼈가 먼저 부러지고 아니, 끊어지고, 늘어진 살점과 피부가 피를 쏟아 내다가 떨어졌다.

"크아악-!"

사내가 처절한 비명을 내질렀다.

설무백은 아무렇지도 않게 그런 사내의 복부에 칼날처럼 빳빳하게 세운 수도를 깊숙이 찔러 넣었다.

사내가 크게 벌어진 입으로 비명조차 내지르지 못하고 파르르 몸을 떨었다.

설무백은 그런 사내를 쓰레기처럼 뒤로 던져 버리고 폐허인 북경상단의 내부로 발걸음을 옮기며 묘안과 초도에게 말했다.

"여기서 기다려. 청소 다하고 부를 테니까."

폭발의 여파로 땅이 일어났고, 무너진 전각의 더미가 흡사 험악한 산악의 바위 무더기처럼 사방에 널려 있어서 한눈에 전체를 조망하고 적을 찾아낼 수는 없었으나, 그럴 필요가 없었다.

북경상련이 온전했다면 대문이었을 그곳에서 일어난 소란을 듣고 적이 알아서 몰려들었다.

그중에 가장 먼저 달려온 자들은 세 명이었는데, 그들도 앞서 죽은 자들처럼 설무백을 실로 가소롭게 보았다.

"뭐야, 이놈?"

"우리 애들 비명이 들렸는데, 설마 이놈의 짓인 거야?"

"그럴 리가 있나……?"

설무백은 정작 자신에게는 아무것도 묻지 않고 자기들끼리 떠드는 사내들을 향해 태연하게 다가가며 물었다.

"마교의 어디 소속이냐?"

"이런 미친놈!"

사내 하나가 코웃음을 치고 달려들며 칼을 휘둘렀다.

설무백은 아무렇지도 않게 손을 내밀어서 사내의 칼을 맨손으로 잡아채고는 다른 손으로 사내의 목을 그었다.

"꺼억!"

사내가 두 손으로 목을 부여잡으며 뒷걸음질 했다.

설무백의 손날로 그은 그의 목은 그 어떤 병기에 당한 것보다 더 예리하게 갈라져서 그가 틀어막은 손가락 사이로 피 화살을 뿜어내고 있었다.

"놈!"

"죽어!"

다른 두 명의 사내가 놀라면서도 기민하게 좌우로 흩어져서 설무백을 공격했다.

사삭-!

설무백은 사내들과 전혀 다른 그만의 공간 속에서 거북이처럼 느리게 달려드는 사내들의 행동을 정확하게 지켜보며 손을 썼다.

그들이 휘두르는 칼날 아래 사각으로 손을 내밀어서 그들의 가슴 아래 명치를 손바닥으로 가격하는 일격이었다.

퍼펑-!

설무백의 손바닥이 가격한 사내들의 가슴에 거친 폭음이 작렬했다.

마치 내던져진 듯 수중의 말을 놓친 두 사내는 공중에서 피화살을 뿜어내며 폭풍에 휩쓸린 가랑잎처럼 저 멀리 날아가 바닥에 처박혔다.

바닥에 처박혀서도 그들은 마치 핏물을 담아 놓은 가죽부대가 찢어진 것처럼 계속해서 피를 토해 내다가 자신들이 쏟아낸 피바닥에 누워 잠들었다.

고도의 내가중수법인 설무백의 장력이 그들의 내장을 안에서부터 산산조각 내 버린 결과였다.

그때 저편 어둠 속에서 경호성이 터졌다.

"적이다! 적이 침입했다!"

설무백은 본의 아니게 쓴 미소를 지었다.

진즉부터 자신이 나타난 것을 알았을 텐데, 이제야 적으로 인정해 주니, 기분이 묘했다.

그러나 그런 기분으로 인해 오늘 그가 품은 살기가 사그라지지는 않았다.

오늘 이 자리에서 살아도 좋을 인간은 아무도 없었다.

그때, 사방에서 기민하게 몰려든 십여 명의 사내들이 설무백을 에워싸는 그 순간 누군가 소리쳤다.

"멈춰라!"

붉은 머리와 파란 머리를 길게 늘어트린 두 명의 사내였다. 설무백은 모르지만, 바로 광천문에서 당주급의 고수인 혈소와 광도였다.

설무백을 에워싸던 사내들이 조심스럽게 물러났고, 그들이 앞으로 나섰다.

설무백은 어디까지나 무심한 태도로 그들의 입에서 다른 말이 나오기 전에 먼저 물었다.

"마교의 어디 소속이냐?"

붉은 머리의 사내, 혈소가 히죽 웃는 낯으로 슬쩍 파란 머리의 사내, 광도를 일별하고는 대답했다.

"광천문이다. 그러는 네놈은 어디 소속이냐?"

설무백은 가만히 고개를 끄덕이며 대답했다.

답변이 아니라 다시 질문이었다.

"그럼 북경상련을 공격한 것은 중원 진출을 위해서 자금을 확보하려고 한 거냐?"

혈소가 대답 대신 눈살을 찌푸리는 가운데, 광도가 성마르게 소리치며 달려들었다.

"죽으려고 환장한 새끼네! 그리 무게를 잡으면 뭐가 좀 있어 보이냐?"

말이 끝나기도 전에 쇄도하며 휘둘러진 칼날이 설무백의 목을 노렸다.

설무백이 그냥 가만히 서 있었기 때문이다.

설무백은 광도의 칼날이 목으로 다가오는 그 시점에 손을 내밀어서 그 서슬을 맨손으로 잡았다.

"헉!"

광도가 기겁했다.

설무백은 그로 인해 느슨해진 그의 손아귀에서 칼을 낚아챘고, 그대로 다시 휘둘러서 그의 목을 쳤다.

칼의 손잡이가 아니라 칼끝에 해당하는 칼등을 손으로 잡고 휘두른 칼질이었다.

칼날의 길이는 충분한 여유가 있었고, 그 서슬 또한 충분히 예리하게 날카로웠으며, 무엇보다도 그의 진기가 실려서 벼락처럼 빠르고 강력했다.

스칵—!

섬뜩한 소음과 함께 광도의 머리가 허공으로 떠올랐다.

뒤늦게 분수 같은 핏물이 터진 광도의 몸뚱이가 두 손을 허우적거리며 바닥으로 쓰러졌고, 허공으로 떠올랐던 머리가 그 옆으로 떨어졌다.

그야말로 비명도 지를 수 없었던 즉사였다.

장내가 잠시 죽음과 같은 정막 속에 얼어붙었다.

다들 경악과 불신에 찬 눈빛을 드러낸 채 꼼짝도 하지 않고 굳어져 있었다.

설무백은 그 속에서 혼자 움직였다.

혈소가 이내 그가 다가서고 있다는 사실을 인지하며 발작적으로 소리쳤다.

"저, 저놈을 죽여라!"

일정 거리를 둔 채 설무백을 에워싸고 있던 십여 명의 사내들이 일제히 달려들었다.

설무백은 그 순간과 동시에 한무릎을 꿇으며 단단하게 움켜쥔 주먹으로 대지를 강타했다.

쾅-!

거대한 폭음이 터졌다.

엄청난 살기가 사방으로 뻗히고, 그가 딛고 선 땅에서부터 일어난 흙먼지가 사방으로 확산되며 그를 기점으로 사방팔방의 대지가 입을 벌리며 물줄기 같은 강기를 하늘 높이 토해 냈다.

설무백의 주먹에서 쏘아진 강기가 땅속으로 펴져서 적을 공격하는 것이다.

이른바 탄강의 경지였다.

"으악!"

"크아악!"

설무백을 향해 달려들던 사내들이 느닷없이 땅바닥에서 치솟은 강기에 휩쓸려서 피를 뿜으며 날아갔다.

마치 거대한 폭풍이 몰아친 것처럼 그 누구도 그것을 벗어날 수가 없었다.

아니, 어쩌면 한 사람은 피할 수 있었을지도 몰랐다.

순간적으로 사태의 심각성을 직감한 듯 뒤로 몸을 빼던 혈소가 바로 그 주인공이었다.

그러나 그는 그래서 더욱 처참하게 죽었다.

설무백이 그걸 감지하며 순간적으로 그에게 다가가서 그의 목을 두 손으로 잡고 종이처럼 찢어 버렸기 때문이다.

후두두둑一!

뒤집어지며 치솟은 흙더미 속에 찢어지고 조각난 살점과 붉은 핏물이 소나기처럼 쏟아졌다.

이내 조용해진 장내에는 설무백을 제외한 그 누구의 모습도 보이지 않았다.

설무백은 그제야 손을 털며 측면의 어둠을 주시하며 말했다.

"뭘 그리 눈치를 봐요? 왔으면 어서 나오지 않고."

설무백이 주시하는 어둠 속에서 넉넉한 크기의 흑포를 포대처럼 헐렁하게 걸치고 허리에 금빛 포승줄을 매단 중후한 모습의 중년인 하나가 머쓱한 표정으로 걸어 나왔다.

설무백이 익히 잘 아는 인물이었다.

강남칠성의 전설적인 총포두인 남경의 교승 냉사무와 더불어 천하양대명포로 꼽히는 강북육성의 총포두 신응 모용사관이었다.

모습을 드러내는 모용사관의 뒤에는 잔뜩 긴장한 모습의 포쾌들이 따르고 있었다.

얼핏 봐도 오십여 명이 넘는 인원이었다.

설무백은 어렴풋이 사정을 이해할 수 있어서 물었다.

"북평에 안 계셨나 보군요?"

모용사관이 그가 아니라 주변의 주검을, 아니, 핏덩이와 살점들을 둘러보며 대답했다.

"내가 북평에 있을 시간은 그다지 많네. 여기 북평은 그래도 사고가 없는 지역이야. 다른 곳은 아주 난리도 아니지."

모용사관은 다른 지역을 돌고 있다가 뒤늦게 연락을 받고 달려온 것이다.

이내 그는 곱지 않은 시선으로 설무백을 쳐다보며 말을 덧붙였다.

"아참, 세상 어지러운 건 자네가 본관보다 더 잘 알겠군."

설무백은 어깨를 으쓱했다.

"제가 그런 거 아니니 그런 눈으로 보지 마세요. 보시다시피 저도 얘들 마교의 무리 때문에 아주 어려움을 겪고 있는 피해자입니다."

모용사관이 새삼스럽게 주변의 시체 잔해를 둘러보며 대답했다.

"피해자치고는 너무 일방적으로 죽여 버리더군."

"고작 졸개들이니까."

"그런 소리 말게. 그건 정말 나를 부끄럽게 하는 소리일세."

모용사관이 정말 부끄러운지 자못 안색을 붉게 물들이며 말을 덧붙였다.

"자네가 고작 졸개들이라고 하는 이자들 때문에 불과 이틀

만에 여기 주변에 사는 사람들이 다들 이사를 가서 왕부정대가 가 사람이 찾지 않는 무덤가처럼 변해 버렸고, 그걸 조사하려 고 나선 포두와 포쾌들이 무려 삼십여 명이나 저승고혼이 되어 버렸으니까."

설무백은 실로 무색해져서 더는 다른 말을 할 수가 없었다.

그 점은 그가 미처 생각하지 못한 부분이었다.

아니, 솔직히 말하면 지금은 그런 것까지 생각할 수 있는 시 절이 아니라는 생각이 들었다.

그는 잠시 생각하다가 이내 그런 속내를 숨기지 않고 한마 디 했다.

"약한 게 자랑은 아니죠."

모용사관이 살짝 속이 상한 듯 넌지시 반발했다.

"그렇다고 죄는 아니지 않나? 나쁜 것도 아니고 말이야."

설무백은 그냥 넘어갈 수도 있었으나, 굳이 그냥 넘어가지 않고 충고했다.

모용사관은 그의 입장에서 그 정도는 생각해 주고 싶은 사람 이었다.

"약육강식은 이미 오래전부터 세상을 지배해 온 관념이고, 제할 수 없는 철칙입니다. 세상의 약한 존재는 늘 강한 존재에 게 먹히지 않았습니까."

모용사관이 삐딱하게 말을 끊었다.

"자네가 사는 강호무림을 말하는 건가?"

설무백은 단호하게 고개를 저었다.

"제가 사는 강호무림만이 세상은 아니지요. 말 그대로 세상 어느 시대에도 폭력은 존재했고, 지속적으로 진화하며 발전해 왔으며, 지금 이 순간에도 꾸준히 그렇게 행해지고 있습니다. 저는 그걸 말하는 것이고, 그러므로 약한 것이 때로는 죄가 될 수도 있고, 나쁜 것이 될 수도 있다는 점을 지적하려는 겁니다."

"어느 때?"

"때가 아니라 사람에 따라서라고 해야겠네요. 총포두님처럼 관의 녹을 먹고 사는 사람들은 당연히 포함되는 얘기고요."

"……!"

"다른 사람에게는 몰라도, 총포두님은, 그리고 같은 일을 하는 포두, 포쾌 등 모든 관인들은 절대 약하면 안 되는 겁니다. 엄연히 강압적인 폭력에 노출될 수밖에 없는 약자들을, 바로 백성들을 보호해 줘야 마땅할 사람들이, 그 이유로 녹을 받고 사는 사람들이 약하면 어쩌자는 겁니까? 그게 정당하다고 생각되면 당장 그 옷 벗어야지요."

"……."

모용사관이 물끄러미 바라보며 잠시 침묵하다가 불쑥 설무백의 두 손을 잡았다.

"자네 정치 한번 해 보지 않겠나?"

설무백은 짐짓 화를 내는 것처럼 모용사관의 손을 뿌렸다.

"농담 마세요!"

모용사관이 빙그레 웃었다.

그리고 이내 두 손을 모아서 정중히 공수했다.

"본관이 틀렸고, 자네가 옳네. 확실히 그래. 약한 것이 나쁘고, 죄라는 것을 깨닫게 해 줘서 고마우이. 오늘의 가르침을 절대 잊지 않고 기억하겠네."

설무백은 무슨 이렇게까지 정중하게 인사할 필요가 있나 싶어서 애써 모용사관의 시선을 외면했다.

그러다가 스친 그의 시선에 시커멓게 변한 포쾌들의 안색이 들어왔다.

왜 그러나 싶었는데, 이유가 있었다.

모용사관이 이내 그들, 포쾌들을 둘러보며 준엄하게 말했다.

"들었다시피 본관을 비롯한 너희들 전부는 약하면 안 된다! 적어도 우리에게 그건 나쁜 거고, 죄다! 그러니 앞으로 지금 하는 수련을 배로, 아니, 곱으로 올릴 것인즉, 다들 단단히 각오하고 있거라!"

"아······!"

설무백은 이제야 포쾌들의 안색이 왜 그렇게 시커멓게 변했는지를 깨달으며 애써 그들의 시선을 외면했다.

그때 밖에 대기시켜 놓았던 묘안과 초도가 달려와서 말했다.

"놈들이 주변에 방치한 주검들을 전부 다 한곳에 모아 두었습니다. 화장이라도 해 줘야 할 것 같아서······! 어?"

초도가 턱짓을 하며 말을 하는 묘안의 옆구리를 툭툭 쳐서 말을 그치게 만들었다.

묘안이 초도의 턱짓이 가리키는 주변을 둘러보고는 어색한 표정이 되었다.

주변에 널려 있는 마졸들의 주검을, 정확히는 고깃덩어리처럼 조각난 잔해들을 뒤늦게 발견한 것이다.

이내 그는 어색하게 웃으며 물었다.

"얘들은, 아니, 이 덩어리들은 어떻게 할까요?"

설무백은 대답 대신 모용사관에게 시선을 주었다.

모용사관이 그의 시선을 의식하고는 한 번 더 주변의 잔해들을 확인하며 돌아섰다.

"본관은 모르는 일이네. 자네가 저 지경으로 만들어 놓았으니, 자네가 알아서 처리하게나."

그는 설무백에게 대꾸할 틈도 주지 않고 자리를 떠나며 대동한 포쾌들에게 소리쳤다.

"얘들아, 그만 관아로 돌아가자! 당분간 이 지역은 봉쇄이니, 너희들은 얼씬도 하지 마라!"

설무백은 장내를 떠나는 모용사관 등을 바라보며 쓰게 웃었다.

저만치 가던 모용사관이 깜박했다는 듯 돌아보며 물었다.

"아참, 포쾌들의 주검은 우리가 챙겨야지. 어디에다 모아 두었나?"

"저쪽입니다!"

묘안이 손짓으로 앞서 지나온 정문 쪽을 가리키자, 모용사관이 가는 방향을 그쪽으로 틀며 말했다.

"고맙네."

설무백은 잠시 그런 모용사관 등을 바라보다가 이내 묘안과 초도에게 시선을 주었다.

묘안과 초도가 바로 멋쩍게 웃으며 먼저 말했다.

"저희들이 치우지요."

마졸들의 시체를 처리하는 것은 그놈들이 죽여서 전시해 놓은 시체들을 처리하는 것보다 수배는 더 어렵고, 그만큼 더 시간이 걸리는 작업이었다.

마졸들의 시체는 시체라고 말할 수 없을 정도로 마구잡이로 토막 난, 그것도 으스러져서 토막 난 어육처럼 조각난 채로 사방에 뿌려져 있었기 때문이다.

그러나 묘안과 초도는 어지간한 사람이라면 헛구역질을 하느라 시간만 허비할 그 일을 군소리 하나 없이 다했다.

정확히 말하면 설무백의 수하요, 강호인의 한 사람인 그들은 자신들이 접근조차 할 수 없었던 마교의 고수들을 단번에 이처럼 천참만륙시켜 버린 설무백의 엄청난 신위가 못내 흐뭇하고 자랑스러워서 다른 생각을 할 겨를이 없었다.

설무백은 그렇듯 묘안과 초도가 모든 시체를 처리한 다음에야 폐허로 변한 북경상련의 중심부에 서서 말했다.

"방양, 나다! 밖에 있는 마교의 무리는 다 처리했으니, 이제

나와도 된다!"

느낄 수 있는 사람만 느낄 테지만 독백처럼 나직이 말하는 설무백의 목소리에는 모종의 힘이 실려 있었다.

그래서 큰 목소리가 아님에도 주변을 다 정리하고 그의 곁에 서 있던 묘안과 초도는 순간 현기증까지 느꼈다.

다만 누가 들으면 이게 무슨 미친 짓인가 했을 것이다.

건물의 흔적만 남아 있는 폐허에서 그 집에 살던 주인을 부르는 짓을 누가 멀쩡한 정신으로 할 것인가.

그러나 묘안은 하오문 제일의 지낭답게 바로 눈치챘다.

"역시……!"

사실을 말하자면, 묘안은 동귀어진을 선택한 북경상련을 내내 의심하고 있었다.

제아무리 막을 수 없는 적의 침입이라고 할지라도 이런 식의 동귀어진은 가당치 않았다.

다른 걸 다 떠나서 북경상련은 엄연히 이해득실에 민감한 아니, 철저한 상인들의 집단이기에 더욱 그렇게 생각할 수밖에 없었다.

세상은 요지경과 같아서 손해나는 장사를 하는 장사꾼이 아주 없지는 않을 테지만, 거의 없다고 봐도 무방한데, 이건 손해가 나도 너무 막대한 손해가 나는 판단인 것이다.

'알맹이는 빼돌리고 거죽만 태운 거다! 이른바 금선탈각(金蟬脫殼)의 계책인 거지!'

설무백의 행동을 지켜본 묘안은 내심 그렇게 확신했다.

그리고 그의 확신은 전혀 어긋나지 않았다.

설무백이 미친 사람처럼 폐허의 중심에 서서 방양을 부른 지 일각 정도가 지났을 때였다.

폐허의 북쪽이었다.

정확히 말하면 폐허로 변한 북경상련의 땅을 벗어난 지역에서 인기척이 났다.

묘안은 그제야 설무백의 시선이 내내 그쪽을 바라보고 있었음을 알 수 있었다.

그리고 이내 일단의 사람들이 그쪽 어둠을 벗어나서 이쪽으로 다가왔다.

방양과 두 여인, 바로 양화와 설무연이었다.

"오빠!"

설무연이 달려와서 설무백의 품에 안겼다.

"무사했구나."

설무백이 설무연의 등을 토닥이는 사이 다가온 양화가 빙그레 웃으며 말했다.

"이 어미도 한번 안아 주는 게 어때, 아들?"

설무백이 설무연을 안은 채 웃는 낯으로 다가가서 양화를 안아 주었다.

그때부터였다.

사방에서 인기척이 나며 삼삼오오 짝을 지은 사람들이 폐허의 중심인 그들에게 다가왔다.

경종 소리와 함께 저마다 일사불란하게 사전에 준비한 밀실로 대피한 북경상련의 식솔들이었다.

한동안 흐뭇한 표정으로 설무백과 양화 등의 상봉을 지켜보던 방양이 말했다.

"어이, 친구. 나도 좀 칭찬해 줘야 하는 거 아냐?"

양화와 설무연이 그제야 설무백의 품에서 떨어졌다.

설무백은 웃는 낯으로 방양에게 다가가서 손을 내밀었다.

방양이 그 손을 마주잡았다.

설무백이 손을 당겨서 방양과 팔뚝을 붙이고 상체를 마주하며 말했다.

"고생했다."

방양이 자못 울상을 지으며 대꾸했다.

"고생은 무슨, 그저 손해가 적지 않아서 가슴 아플 뿐이지."

"내가 보유한 전표를 전부 다 황금으로 바꾸라고 말해 준 지가 언젠데, 엄살은……!"

"야야, 이 폐허를 봐라. 응천부에다가 이 정도 규모의 대저택을 세우는 데 들어갈 자금은 정말 장난이 아냐."

"응? 응천부는 왜 가?"

"그야 당연히 전하께서 거기로 갔으니까, 우리도 가야지. 전하가 황상의 자리에 앉으시면 거기 눌러 사실 테데, 그럼 여기 관군의 병력도 적잖게 빠져나갈 것이 뻔하잖아. 내가 또 무슨 꼴을 당하려고 여기에 남아 있겠냐?"

"그냥 여기 있어. 여기다 다시 꾸려. 북경상련이 북경에 있지 않고 남경에 있으면 어쩌라고?"

"뭐야? 나보고 또 이 꼴을 당하라는 거냐, 너?"

설무백은 실로 당황하는 방양의 상체를 조금 더 바싹 당겨서 얼굴을 마주하며 귀엣말로 알려 주었다.

"전하는 황상의 자리에 올라도 거기 눌러앉지 않아. 이리로 다시 오실 거야."

방양의 두 눈이 휘둥그레졌다.

"설마 천도(遷都)?"

설무백은 픽 웃으며 고개를 끄덕였다.

"내가 장담하는데, 중원의 상인들이 죄다 남경으로 이주할 거다. 새로운 황궁을 선점하려고 말이야. 그때 너 혼자 여기를 지키는 거지. 어떻게 될까?"

역시 상인은 상인이었다.

방양은 벌써부터 눈앞에 그려질 미래가 보이는지 대번에 호흡이 거칠어져서는 설무백의 손을 힘주어 움켜쥐며 히죽 웃었다.

"알았다! 대신 여기 새롭게 들어설 북경상련의 총단에는 대문을 비롯한 모든 문에, 그리고 사방의 담벼락에 허락 없이 들어오면 폭발한다는 경고를 붙이도록 하마!"

설무백은 황당한 방양의 대구에 피식 웃다가 이내 안색이 변해서 떨어졌다.

다급히 다가오는 인기척이 느껴져서였다.

설무백은 가장 먼저 그가 누군지 알아보았다.

하오문의 구룡자 중 가장 마른 체구를 자랑하는 사내, 철포뢰였다.

숨이 턱에 차서 설무백의 면전으로 달려온 그가 말했다.

"찾았습니다! 빨리 가 보셔야겠습니다!"

철포뢰가 무엇을 찾았다는 것인지는 물어볼 필요도 없었다.

전격적으로 동원된 하오문의 제자 사백 명이 설무백의 가솔들을 찾기 위해서 북경일대를 이 잡듯 샅샅이 뒤지는 중이고, 그들의 지휘를 철포뢰가 맡고 있다는 묘안의 보고를 이미 들었기 때문이다.

다만 숨이 턱에 차도록 달려온 철포뢰가 빨리 가야 한다고 말한 것은 실로 불길한 느낌을 주지 않을 수 없었다.

그래서 설무백은 급히 나서는 어머니 양화를 뿌리치고 혼자 철포뢰를 따라나섰다.

빨리 가려는 목적도 있었지만, 그보다는 사태가 심각할 경우, 어머니 양화가 보게 할 수는 없었기 때문이다.

그리고 그의 선택이 옳았다.

철포뢰의 안내를 받아서 도착한 곳은 북경성의 동문 밖에 펼쳐진 산기슭의 초막이었다.

농부의 농막처럼 사냥꾼이 사냥을 나왔을 때 머물기 위해서 대충 지어 놓은 듯 작고 허름한 초막이었는데, 서너 평 남짓한 그 초막 안에 가솔들 모두가 쓰러져서 앓고 있었다.

"처음에는 여기 이 노인분이 다른 분들의 수발을 들어주고 있었던 같습니다. 저기 저 물동이의 물도 얼마 전에 채워진 거고, 여기 널린 약초도 아직 시들지 않았습니다."

한당을 두고 하는 말이었다.

철포뢰의 짐작이 사실임을 드러내듯 한당은 문가에 쓰러져 있었고, 손에는 즙이 나도록 빻은 약초덩어리가 쥐어져 있었다.

"다들 심각한 내외상입니다. 일단 애들에게 의원을 데려오라고 시켜 놓았습니다."

설무백은 철포뢰의 보고를 들으며 서둘러 문가에 쓰러져 있는 한당을 반듯하게 눕혔다.

그는 그제야 보았다. 한당의 한쪽 팔이 없었다.

설무백은 마음을 다잡으며 온몸이 불덩이처럼 펄펄 끓고 있는 한당의 상세를 살폈다.

팔 하나 떨어진 것이 대수인가.

살 수 있으면, 살릴 수 있으면 그것으로 족했다.

"그래, 그래!"

설무백은 절로 얼굴에 희색을 드리우며 중얼거렸다.

다행스럽게도 한당의 상세는 위중하지 않았다.

팔 하나가 떨어져 나가고, 여기저기 자상을 입었으며, 내상도 상당히 깊은 것으로 보이지만, 아직 죽지 않았고, 죽어 가는 중도 아니었다.

한당은 믿기 어려울 정도의 강력한 자생력으로 혹은 치유력으로 빠르게 회복되고 있었다.

"밖으로! 조심해서 그늘 밑에 눕혀!"

뒤따라온 묘안과 초도가 재빨리 나서서 조심스럽게 한당을 들고서 초막 밖으로 나갔다.

기쁜 마음으로 자리를 옮긴 설무백은 다음으로 선혈이 낭자한 모습은 냉연의 상세부터 살폈다.

줄줄이 누워 있는 나양과 수화에 비해 그녀의 상세가 가장 안 좋아 보였기 때문이다.

냉연은 몸에 입은 상처가 너무 많았다.

눈으로 봐서는 그야말로 산송장과 다름없었다.

부러져서 허연 뼈가 뾰족하게 돌출된 팔뚝과 종아리는 아마도 한당의 솜씨인 듯 다진 약초로 덮여 있었는데, 진짜 심해 보이는 곳은 바로 배였다.

냉연의 배는 검붉은 핏덩어리처럼 보였다.

어디를 어떻게 다쳤는지는 모르겠지만, 옷과 핏덩어리가 하나처럼 뒤엉겨 붙어서 시커멨다.

옷을 떼어 내기가 겁났다.

설무백은 심호흡을 하고 나서 그녀의 배에 핏물과 함께 엉겨 붙은 옷자락을 조심스럽게 떼어 내기 시작했다.

그때 불쑥 그녀가 말했다.

"너무해요. 시집도 못 간 여자의 배를 그리 까뒤집으려고 하면 어떻게 해요?"

"……!"

설무백은 힘겹게 눈을 뜨고 바라보는 냉연의 시선을 마주하자 울컥 목이 메며 눈물이 나올 것만 같았다.

그는 애써 참아 내고 웃음을 보이며 말했다.

"이거 왜 이래? 내가 이래 봬도 소싯적에 유모 젖 만지며 잠든 사람이야."

냉연이 피에 젖은 입으로 희미한 미소를 지었다.

"하긴, 그럴 때도 있긴 했죠. 하도 잠들지 않으셔서 내가 억지로 그런 거지만. 그보다 아씨와 아기씨는요?"

"걱정 마. 다들 무사하니까. 그리고 지금 유모는 다른 사람 걱정할 때가 아냐!"

설무백은 말을 하면서 최대한 조심스럽게 냉연의 복부에 피와 뒤엉킨 옷자락을 들쳤다.

냉연이 그나마 멀쩡한 한 손을 힘겹게 들어서 그런 그의 손목을 잡았다.

"그만두세요. 제 몸은 제가 잘 알아요. 틀렸어요. 괜히 추한 꼴 보이기 싫습니다. 그래도 다행이지 뭐예요? 이렇게 도련님 얼굴 한 번 더 보고 죽게 생겼으니 말이에요."

"어림없는 소리! 유모는 안 죽어! 내가 절대 그냥 죽게 안 돼!"

"하여간, 여전하시네요, 그 고집……."

냉연의 목소리가 가늘게 잦아들었다. 혼절이었다.

설무백은 재빨리 그녀의 완맥을 잡고 진기를 주입했다.

그리고 다른 한손을 조심스럽게 놀려서 그녀의 배에 엉겨붙은 옷을 떼어 냈다.

그러다가 일순 멈추었다.

혼절한 냉연이 부르르 경련을 일으켰다.

이유가 있었다.

그가 떼어 내는 옷에 살점처럼 달라붙어서 들리는 것은 살점이 아니라 내장이었다.

냉연의 복부는 길게 베어져서, 아니, 마치 누가 발로 눌러서 터트린 것처럼 너덜너덜하게 찢어져서 내장을 드러내고 있던 것이다.

"의원! 의원 아직 안 왔어?"

초막의 문에서 지켜보고 있던 묘안이 대답했다.

"와 있습니다!"

"어서 들어오라고 해!"

육십 대로 보이는 노인이, 바로 의원이 작은 보따리를 들고 들어와서 설무백의 곁에 앉았다.

설무백은 서둘러 말했다.

"피 닦고, 이물질 제거하고, 꿰매! 빨리!"

의원이 당황했다.

"그렇게 해서는……!"

설무백은 사납게 두 눈을 부라렸다.

광기와도 같은 기세가 그의 두 눈에서 뿜어졌다.

의원이 견디지 못하고 털썩 주저앉았다.

설무백은 그런 의원을 싸늘하게 다그쳤다.

"내가 보통 사람으로 보여? 이분도 나와 같은 사람이야! 다른 생각 말고 시키는 대로 해! 어서!"

의원이 그제야 허겁지겁 보따리를 풀고 그 속의 든 솜과 천 등을 이용해서 냉연의 배를 닦았다.

그리고 고약한 냄새를 풍기는 물을 뿌리며 마무리했다.

소독이었다.

그리고 나서야 의원은 작은 상자에 따로 챙겨 온 바늘에 실을 꿰서 뜯겨진 것처럼 찢겨진 냉연의 배를 꿰매기 시작했다.

냉연은 이미 혼절한 상태였으나, 그 통증이 느껴지는지 간헐적으로 경련을 일으켰다.

설무백은 그사이, 내내 최대한 부드럽게 잡은 그녀의 완맥을 통해 진기를 불어넣고 있었다.

천만다행이게도 실로 크게 찢겨진 냉연은 배는 단전까지 이어진 건 아니었다.

상태로 봐서는 분명 단전을 노린 공격으로 보였으나 다행이 단전은 다치지 않았고, 그 덕에 깊은 내상을 입었음에도 아직 진기의 운영을 통해서 버틸 수 있었던 것이다.

"다 됐습니다!"

이윽고, 땀을 뻘뻘 흘리며 냉연의 복부를 꿰매던 의원이 뒤로 털썩 주저앉으며 말했다.

설무백은 초막의 문가에 대기하고 있는 묘안에게 시선을 던졌다. 그가 말을 하기도 전에 나선 묘안이 바닥에 주저앉은 의원을 번쩍 들어서 밖으로 데려갔다.

설무백은 이제야말로 본격적으로 냉연의 체내에 진기를 주입하기 시작했다.

앞서 진기를 주입한 것은 그의 진기를 그녀의 기혈에 유통시켜서 끊어져 있는 기혈을 이어 주고, 그녀의 생기를 보호하며 활력을 되살리기 위함이었다.

하지만 지금 하는 주입은 그것과 달리 그동안 그가 흡정흡기신공인 흡령력을 통해 흡수한 진기 중에 그녀의 내공과 일맥상통한 진기만을 뽑아서 그녀에게 완전히 전해 주고 있는 것이었다.

실로 그 어떤 고수라도 다른 사람은 절대 할 수 없었다.

오직 흡령력을 익힌 그만이 할 수 있는 고도의 수법이었다.

그리고 그런 만큼 그 냉연은 기대를 저버리지 않았다.

반응이 바로 왔다.

사실은 상당한 시간이 소요되었으나, 적어도 그가 느끼기에는 그랬다.

냉연의 기혈이 빠르게 안정을 되찾아 갔다.

그리고 이내 혼절에서 깨어나며 힘겹게 뜬 눈으로 설무백을 쳐다보며 물었다.

"도련님 얼굴이 보이는 것을 보니 지옥인가 보네요."

설무백은 냉연을 보며 힘겹게나마 웃었다.

기혈이 안정되었다고는 해도 아직도 완전하지 않은 내외상으로 인해 상당한 고통을 느끼고 있을 테도 농담을 건네는 냉연이 보니 이제야 정말 살았다는 기분이 들었다.

"어서 운기조식이나 해."

설무백은 어쩔 수 없이 웃는 낯으로 한마디 해 주고는 나양과 수화의 상세를 살폈다.

조금 창백할 뿐, 안색도 나쁘지 않고 눈에 띄는 외상도 적어서 서두르지 않았으나, 걱정되는 마음이 없을 수는 없었다.

그런데 다행이었다.

과연 그의 짐작이 옳았다.

나양과 수화의 상태는 그저 전신의 기력을 쥐어짜서 사용하는 바람에 탈진으로 혼절한 상태였다.

그리고 그건 그녀들과 비슷해 보이던 한당의 상세도 다르지 않았다.

그 역시 진력을 바닥까지 박박 긁어 써서 탈진해 버린 것이었다.

"휴……!"

설무백은 그제야 털썩 뒤로 주저앉았다.

그런 그를 마치 포도송이처럼 머리를 붙인 채로 초막의 작은 문으로 고개를 내밀고 지켜보던 묘안과 초도, 철포뢰가 활짝 웃고 있었다.

그런 그들 뒤로 보이는 밖은 어느새 밝은 대낮이었다.

그 밝은 햇살 아래 전신이 땀에 흠뻑 젖은 검노와 환사, 철각사가 벅찬 숨을 고르고 있고, 그 뒤에는 살쾡이처럼 시근거리는 요미와 무심하기 그지없는 철면신이 대조를 이루는 가운데, 입에 게거품을 공야무륵이 대자로 뻗어 있었다.

설무백은 잠시 물끄러미 그들을 쳐다보다가 이내 깨달으며 물었다.

"혈뇌사야는?"

설무백의 질문을 들은 모두가 서로가 서로를 쳐다보며 시선을 교환하다가 이내 누가 먼저랄 것도 없이 동시에 장탄식을 흘렸다.

"아……!"

다들 사력을 다해서 달려오느라 자신들이 혈뇌사야와 같이 있었다는 사실을 까맣게 잊고 있었던 것이다.

"기다리라고 했잖아?"

"그건 혈뇌사야에게 하는 말인 줄 알고……!"

설무백의 질문을 듣고서야 비로소 자신들이 혈뇌사야와 함께 있었다는 사실이 떠오른 그들이었다.

"이제 와서 할 수 없다고요?"

천사교주는 뼈를 깎는 고통을 마다하지 않고 피 흘리는 노력을 경주한 끝에 오늘에야 비로소 내외상을 완전히 회복해 기분이 매우 좋았다.

그런데 백주대낮에 찾아온 사도진악의 한마디가 그의 기분을 단번에 썩은 시궁창으로 처박았다.

사도진악이 그런 그의 기분을 아는지 모르는지 당당하게 대답했다.

"이건 본인으로서도 어쩔 수 없는 일이오."

"어째서 어쩔 수 없다는 것이오?"

"광천문이 나서서 방해를 했기 때문이오. 내 어찌 광천문의 방해를 무시할 수 있겠소."

"과, 광천문……?"

어찌나 놀랐던지 천사교주는 절로 말을 더듬었다.

광천문의 존재를 대단하게 생각해서라기보다는 너무나도 뜻밖의 이름이 나왔기 때문이리라.

"그게 사실이오? 정말 광천문이 림주의 일을 방해한 거요?"

"본인이 어찌 그런 일을 거짓으로 고하겠소. 그러니까, 그게 어떻게 된 일이냐 하면……!"

사도진악은 실로 자신의 곤란한 입장을 알아달라는 표정으로 그간의 사정을 알렸다.

흑표가 먼저 나섰던 일은 감추었다.

처음부터 그가 직접 나선 것이었다.

그가 일을 쉽게 풀기 위해서 설인보의 가족을 노렸고, 그래서 그들 모녀가 북경상련으로 도주했는데, 그때 광천문의 광천마도 부흠이 다수의 수하들과 함께 나타나 자신을 북경상련으로 들지 못하게 막았다는 것이 그가 밝힌 전모였다.

약간의 거짓과 그보다 많은 진실을 섞어서 사실을 호도한 것이다.

"그놈들이 왜……?"

천사교주는 실로 황당한 표정을 지으며 도무지 모르겠다는 듯 연신 고개를 갸웃거렸다.

사도진악의 말을 완전히 믿는 것으로 보이는 반응이었다.

사도진악은 은근슬쩍 천사교주의 눈치를 보았다.

사태를 보다 더 확실하게 못 박아 두기 위해서 준비한 얘기를 꺼내려는 것이었다.

광천문의 부흠을 만났을 때만 해도 전혀 필요 없던 변명이었으나, 지금은 어쩔 수 없었다.

어떤 개자식이 저지른 것인지는 몰라도, 북경상련의 폭발이 일어났을 때, 그는 어느 정도 중심부를 벗어나 있었음에도 불구하고 당시 대동했던 거의 모든 수하들을 잃었으며, 그 자신도 다리에 파편이 박히고 등에 화상을 입는 등의 상처를 입었다.

광천문과 연관된 일에는 더 이상 엮이기 싫었다.

그는 북경상련의 폭발이 어쩌면 광천문의 소행인지도 모른다고 생각했기 때문이다.

'애초에 무슨 짓을 할지 모르는 놈들이니까!'

그런데 그때였다.

사도진악은 더는 핑계를 대고 구실을 만들 필요가 없게 되었다.

꿈에도 상상하지 못할 정도로 엉뚱한 자가 나타나서 그를 도왔다.

"야, 이 거지발싸개 같은 배신자 새끼야! 이런 쥐구멍에 숨어 있으면 내가 못 찾아낼 줄 알았냐! 어림없다 이 똥통에 튀겨 죽일 배신자 새끼야! 당장에 목을 씻고 썩 나서라 이 썩은 시궁창보다 더 더러운 배신자 새끼야!"

천사교주가 부르르 진저리를 치고, 빠드득 소리가 나도록 이를 갈며 벌떡 일어났다.

"혈뇌사야, 저 미친 새끼가 또……!"

천외천의
주인

殺手殺手

"불효막심한 아들이구나, 평생을 정숙하게 산 어미를 기루의 방에서 머물게 하다니."

정갈하게 꾸며진 내실이었다.

창가에 서서 내려다보이는 정원을 살피던 양화는 짐짓 짓궂은 표정으로 설무백의 말꼬리를 잡았다.

설무백은 그게 어머니 양화의 진심이 아님을 알기에 웃는 낯으로 대답했다.

"아들의 간절한 청을 막무가내로 외면하는 어머니시니 어쩔 수 없지요. 저도 더는 양보할 수 없습니다. 무조건 당분간은 여기서 지내도록 하세요."

양화가 빙그레 웃으며 애틋한 눈길로 설무백을 바라보았다.

"잘난 아들아. 이 어미가 다른 건 몰라도 아들 같은 사내들이 사는 세상은 좀 안단다. 네 마음은 충분히 이해한다만, 그건 안 될 말이다. 이 어미가 풍잔으로 가면 어떤 식으로든 네 일을 방해하는 꼴이 될 거다. 네 밑에 있는 사람들도 내 눈치를 보느라 맡은 바 소임도 부실하게 될 테고."

그녀는 짐짓 도끼눈을 뜨며 말을 끝맺었다.

"사내는 이런 시국에 가족과 어울리면 절대 안 된다. 이건 제멋대로인 성질의 네 아비를 평생 곁에서 봐 오면서 내린 결론이니, 그만 포기하고 아쉬움을 접어라, 아들!"

상황인즉 그랬던 것이다.

설무백은 어머니 양화와 식솔들을 풍잔으로 모시려 했지만, 양화가 극구 사양했다.

그래서 어쩔 수 없이 찾은 방책이 이것이었다.

여기는 방양이 폐허로 변한 북경상련의 총단을 재건하기 전까지 상단의 식구들이 머물기 위해 구한 기루였다.

워낙 다수의 사람들이 살아야 하기에 그럴 수 있는 넓은 거처를 물색하다가 여기 기루가 가장 적당하다고 판단해서 통째로 구입했다고 것이 방양의 말이었다.

설무백은 극구 풍잔으로 가지 않겠다는 어머니 양화의 안위를 위한 차선책으로 이곳을 택했다.

차선책이긴 하나, 어머니 양화와 식솔들의 안전을 도모하는 방법으로 여기도 나쁘지 않았다.

믿을 만한 친구인 방양도 있고, 그 방양의 누이들의 시댁인 하북팽가와 은검장 등에서 북경상련의 소식을 듣고 적잖은 고수들을 보내 준 까닭에 어느 정도 마음을 놓을 수 있었다.

물론 그도 따로 조치를 취해 둘 생각이고 말이다.

"알겠어요. 그러니 여기로 모신 거 아닙니까. 풍잔 얘기는 없던 것으로 하겠으니, 대신 어머니도 조금 양보하셔서 부디 여기는 마다하지 말아 주세요."

양화가 미소를 지으며 대답했다.

"걱정 마라. 유모도 그렇고, 한 노인이나 수화 등도 그렇고, 아직 회복하려면 시간 필요해서 수발들 사람이 절실한데, 내가 왜 여기를 마다하겠니. 그냥 우스갯소리로 괜한 트집 한 번 잡아 본 거다. 여기 아주 마음에 든다."

설무백은 반색하며 말했다.

"지내시는 데 부족함이 없도록 방 가 녀석에게 아주 단단히 일러두겠습니다."

양화가 손사래를 쳤다.

"아니, 그러지 마라. 괜히 불편해진다. 필요한 게 있으면 이 어미가 직접 말하도록 하마."

설무백은 방양이 그걸 더 불편해할 것 같았으나, 굳이 내색하지 않고 웃어넘겼다.

지금은 어머니 양화가 그의 의견을 따라 준 것만으로도 충분히 만족이었다.

그때 시종일관 침묵한 채로 그들의 대화를 듣고 있던 설무연이 불쑥 끼어들며 말했다.

"나는? 그럼 나는 오빠 따라가도 되는 거지?"

설무연은 내내 그것을 조르고 있었다.

작금의 강호무림이, 아니, 천하가 얼마나 험악한지를 누누이 말해 주었지만, 그녀는 요지부동으로 매달리는 중이었다.

설무백은 새삼 설무연의 머리를 한 대 쥐어박으려고 손을 들었다.

설무연이 잽싸게 두 손을 교차하며 쳐들어서 그의 손을 막아 내며 가재미눈을 했다.

"이거 왜 이래? 나도 한가락 하는 여자야."

설무백은 순간적으로 손길에 변화를 주어서 그녀가 쳐든 손을 피하고 그녀의 뒷덜미를 가볍게 움켜잡으며 어머니 양화를 향해 말했다.

"요 녀석 단속도 잘 부탁드립니다, 어머니."

"여부가 있나."

양화가 대번에 고개를 끄덕이면서 설무연을 노려보는 참인데, 밖에서 인기척이 들리더니 문이 열리며 방양이 안으로 들어섰다.

다들 그저 쳐다보는데, 설무연이 기겁하며 쪼르르 양화의 뒤로 가서 등을 대고 딴청을 부렸다.

방양이 순간 어색해진 분위기를 느낀 듯 습관처럼 불룩한 배를 긁적이며 눈치를 보았다.

"저 잠시 나갔다 올까요?"

설무백은 짐짓 눈총을 주었다.

"인기척 좀 하고 들어와라."

방양이 별소리를 다한다는 듯 당당하게 대꾸했다.

"별 해괴한 소리도 다 듣겠다. 너 같은 고수가 있는데 인기척은 무슨 인기척이냐? 저 멀리 대문 밖에 있어도 알아차릴 녀석이······! 그리고 어머니 방에 들어오는 아들이 무슨 인기척이야? 안 그렇습니까, 어머님?"

"아, 뭐 그럴 수도······!"

양화는 당당하다 못해 뻔뻔스러운 방양의 태도가 그리 싫지 않은지 그냥 수긍해 주며 웃었다.

설무백도 더 말해 봤자 아무 소용이 없다는 것을 알기에 그저 손을 내저으며 물었다.

"무슨 일이야?"

방양이 넉살좋게 웃으며 대답했다.

"어머님 방에 무슨 일이 있어야 오는 거냐? 그저 자리가 편하신가 자주 들러 보는 거지."

말은 그렇게 하면서 은근슬쩍 어머니 양화의 등 뒤에 서 있는 설무연을 힐끗거리는 태도가 묘했다.

그러다가 설무백과 눈이 마주친 방양이 속없는 사람처럼 헤헤 웃으며 슬쩍 다가와서 소곤거렸다.

"얘기 좀 하자."

설무백은 감출 이유가 없어서 대수롭지 않게 그냥 양화를 향해 말했다.

"잠시 나갔다 오겠습니다. 이 녀석이 할 얘기가 있는 모양입니다."

방양이 찔끔하는 사이, 양화가 웃는 낯으로 손을 저었다.

"그래, 신경 쓰지 말고 나가 봐."

설무백은 바로 나가지 않고 방양의 등을 밀어서 먼저 밖으로 내보내며 문가로 나선 양화를 향해 나직이 물었다.

"쟤는 왜 저래요?"

설무연을 두고 묻는 말이었다.

설무연은 여전히 꼼짝도 하지 창밖을 쳐다보고 있었다.

양화가 웃으며 귀엣말로 말해 주었다.

"이틀이나 지하 밀실에서 같이 지냈잖니. 거기 처소가 준비되어 있기는 했는데, 소리가 들렸거든."

"아……!"

이제야 설무연의 태도가 이해가 갔다.

다 큰 처자가 외간 남정네에게 자신의 은밀한 소리를 들려주었으니, 그럴 만도 했다.

설무백은 웃는 낯으로 고개를 끄덕이며 밖으로 나서고는 대뜸 문밖에 서 있던 방양의 멱살을 잡고 짐짓 으르렁거렸다.

"너 내 동생 넘보면 죽는다, 아주!"

"캑캑!"

진심은 아니었지만 꽤나 힘이 들어간 멱살잡이라서 방양이 붉어진 얼굴로 캑캑거리며 대답했다.

"내, 내가 언제 네 동생을 넘봤다고 그래?"

"아니면 내 동생 처소에서 나는 소리를 왜 그렇게 귀담아들 어?"

"내가 언제 그걸 귀담아들었다고……! 그냥 소리가 들린 거야! 예전에 공사할 때는 몰랐는데, 지하라서 그런지 울리더라고! 나도 몰랐어! 맹세해!"

설무백은 그제야 애써 심드렁한 표정으로 방양의 멱살을 놔주며 짐짓 엄포를 놓았다.

"앞으로 똑바로 해?"

방양이 절반 이상은 장난인 것을 아는지 어이없다는 듯 쳐다보다가 이내 그의 곁으로 붙으며 말했다.

"그런데 매부, 사실은 말이야…… 캑!"

설무백이 순간적으로 방양의 멱살을 다시 잡았다.

방양이 캑캑거리며 엄살을 부렸다.

"농담! 농담! 아프다, 아퍼!"

설무백은 픽 웃고는 방양의 멱살을 놔주며 물었다.

"근데, 무슨 일이야?"

방양이 거짓말처럼 진지해져서 대답했다.

"그게 골치 아픈 일이 생겼다."

"그러니까, 무슨 일?"

"사실은 말이야, 내가 전부터 누굴 좀 고용하려고 애썼거든. 아무래도 시국이 시국이라 상련의 무력을 강화할 필요가 있어서 말이야."

"낭인?"

"낭인은 아니고, 아무튼, 너무 비싸게 불러서 망설이는 중이었는데, 이번 일도 있고 해서 그냥 원하는 값을 지불하려고 했거든? 그랬더니만, 애들이 또 튕기네!"

"가격을 올려?"

"아니. 할 수가 없다네. 이미 다른 청부를 받아 놔서."

청부라는 말을 듣자, 설무백은 절로 미간을 찌푸리며 물었다.

"누구야?"

방양이 쓰게 입맛을 다시며 대답했다.

"흑수혈!"

"사대 청부 단체의 하나라는 그 흑수혈?"

"응. 좀 알아보니까 거기 쓸 만한 애들이 좀 있더라고. 특히 거기 소속의 특급 살수라는 흑지주라는 애가 아주 유명하더라고? 그래서 섭외했지. 통째로."

"······."

설무백이 선뜻 뭐라고 할 말이 없었다.

천하의 흑수혈을 통째로 섭외해서 쓰려고 하다니, 그 배포 하나는 정말 인정해 줘야 했다.

천하의 누가 감히 강호무림에서 사대 청부 단체의 하나로 꼽히는 흑수혈을 통째로 영입해서 쓰려는 생각을 할 수 있을 것인가.

"정말 너도 보통 녀석은 아니다."

설무백은 이내 헛웃음을 흘리며 방양의 배포를 인정하고는 재우쳐 물었다.

"근데, 걔들이 대체 얼마나 대단한 청부를 받았기에 거절한 거야? 네가 원하는 것이라고 해 봤자 누굴 죽이는 것도 아니고 그저 북경상련의 경비일 텐데, 그처럼 별다른 위험도 없이 안정적으로 수입이 보장되는 일을 왜 거절해? 체면에 쪽팔려서 인가?"

"아니, 아주 안 하겠다는 건 아니고, 다른 애들은 다 할 수 있는데, 흑지주가 할 수 없다네? 다른 일을 하고 있어서 안 된다고 하더라고."

"청부겠지."

"그렇겠지. 아무튼, 그건 내가 싫다고 했지. 가장 쓸 만한 애가 걔잖아, 흑지주. 알맹이를 쏙 빼고 쭉정이들만 가져다 쓸 바에야 애초에 안 하는 게 낫다 싶어서 그건 내가 사양했어."

방양이 돌이켜 보니 화가 난다는 듯 씨근거렸다.

"나쁜 놈들! 흑지주 때문에 그 큰돈을 인정한 건데, 걔를 쏙 빼다니 말이 돼? 강물이 용왕묘를 침범하는 격이지, 감히 가소롭게 누굴 바가지 씌우려고!"

설무백은 하여간 통 크게 논다고 생각하며 원점으로 돌아가서 물었다.

"그래서 내게 바라는 게 뭐야?"

"하여간 눈치는 빨라서는……!"

방양이 히죽 넉살 좋게 웃고는 재우쳐 본론인 진짜 용건을 꺼냈다.

"흑수혈 대신 낭인들을 구해서 쓰기로 선회했어. 이미 애들을 여기저기 보내 놨지. 시절이 시절이라 너도나도 칼 잡고 나선 애들이 많아서 대가리 수를 채우는 것은 문제가 안 될 것 같은데, 거칠고 사나운 그 작자들을 제대로 통솔할 수 있는 인물이 내게는 없다 이 말이지."

그는 보란 듯이 가식적인 울상을 지으며 장황한 하소연을 덧붙였다.

"그렇다고 자존심이 하늘을 찔러서는 정도가 아니면 칼을 물고 쓰러지겠다고 말하는, 물론 진짜로 그럴지는 모르겠지만, 아무튼, 그렇다고 우기는 누이들의 시집 식구들에게 맡길 수도 없는 노릇이고 말이야."

설무백은 어렵지 않게 방양의 바람을 읽을 수 있었다.

그리고 어차피 따로 조치를 취하려고 마음먹고 있던 참이라, 고민할 것도 없이 내심 바로 승낙하며 물었다.

"아무리 봐도 눈여겨봐 둔 사람이 있는 모양이네. 그래, 누굴 빌려줄까?"

방양이 반색하며 추호도 망설이지 않고 손을 뻗으며 대답했다.

"저기 저분!"

그들은 대화를 나누는 동안 양화 등의 거처인 전각을 벗어나서 정원으로 나서 있었다.

방양이 지체 없이 손으로 가리킨 사람은 정원의 한곳을 차지한 작은 연못가의 나무그늘에 앉아서 낮잠을 자는 듯 지그시 눈을 감고 있는 애꾸노인이었다.

반백의 머리카락을 정수리로 둥글게 말아 올려서 동곳을 꽂아 고정하고 이마에는 검고 긴 유건을, 몸에는 허름한 유복을 걸친 철각사였다.

"알아? 저 사람이 누군지?"

설무백은 그렇게 묻지 않을 수 없었다.

막말로 말해서 방양이 당당하게 건장한 다른 사람들을 다 놔두고 애꾸에 다리병신인 노인을 선택할 이유는 어디에도 없지 않은가.

철각사가 싸우는 것을 본 적도 없고, 상당한 수준의 무공을 익힌 고수도 아닌 방양이 어지간한 고수라도 감지하기 어려운 철각사의 기도를 느낄 리도 만무한 일이고 말이다.

방양이 고개를 저으며 짧게 대답했다.

"아니."

"그런데 하필이면 왜 저 사람이야?"

"음, 뭐랄까? 부드러워서. 그러면서 다른 고수들과 함께 있어도 아무런 위화감이 없어서. 그리고 네 곁에 있는 사람이니 고수인 건 당연할 거 아냐."

의외였다.

놀랍기도 했다.

확실히 방양의 그릇은 다른 사람과 다른 것 같았다.

적어도 사람을 알아보는 눈을 가지고 있었다.

지금 방양이 말한 식으로 사람을 보고 느끼는 것은 얼핏 간단하고 쉬운 것처럼 생각되지만 실제는 전혀 그렇지가 않았다.

설무백은 그래서 이번에 동행한 사람들 중에 그런 류의 부탁을 하기가 가장 까다로운 사람이 철각사임에도 못내 방양의 청을 거절할 수가 없었다.

"그가 거절할 수도 있어. 그건 내가 책임 못 진다?"

방양이 기꺼워했다.

"내가 제대로 골랐나 보네. 네 말조차 거부할 수 있는 사람이라면 정말 대단한 인물이라는 소리잖아."

설무백은 피식 웃고는 연못가의 철각사에게 다가갔다.

철각사가 미리 느끼고 눈을 뜨며 그를 바라보았다.

"무슨 할 말이라도……?"

"북경상련의 총단을 재건하기 전까지 여기를 지킬 경비대를 조직할 생각입니다."

"그래서요?"

"당장 구할 수 있는 인력이 낭인들인데, 당분간 노야가 여기 남아서 그들을 통솔해 주었으면 합니다."

"뭐, 그러지요."

"……?"

설무백은 예상과 달리 너무도 쉽게 승낙해 버리는 철각사의 태도가 어이가 없어서 일순 멍했다.

철각사가 그 모습을 보고 이상하게 쳐다보며 물었다.

"왜 그러시오?"

설무백은 철각사가 바라보는 눈빛보다 배는 더 이상하다는 느낌으로 시선을 마주하며 대답했다.

"너무 쉬워서요."

철각사가 잠시 여유를 두었다가 물었다.

"그럼 다시 어렵게 승낙할까요?"

"장난이 아니라……."

설무백은 손을 내저으며 물었다.

"이유가 뭡니까?"

철각사가 실로 묘하다는 듯이 설무백을 바라보며 반문했다.

"부탁을 들어줘도 문제가 되는 겁니까?"

설무백은 고개를 저으며 대답했다.

"그럴 리가요. 그저 제가 궁금해서 그럽니다. 저는 나름 어렵게 생각하며 부탁한 거거든요."

철각사가 다시금 잠시 뜸을 들이다가 픽 웃으며 대답했다.

"여기 기루의 술이 입에 맞아서 그런 거라고 칩시다."

설무백은 의미심장하게 확인했다.

"그렇게 쳐야 하는 겁니까?"

"그럴 거요, 아마."

철각사가 애매한 대답을 내놓고는 머쓱한 표정으로 그의 시선을 외면했다.

설무백은 더 묻지 않고 수긍했다.

말하기 싫은 것을 억지로 말하게 하고 싶지 않았고, 그리 꼭 알아야 할 일이라는 생각도 들지 않았다.

"아무튼, 그럼 부탁드립니다."

설무백은 짧게 당부하고는 슬쩍 뒤로 물러나며 뒤에서 기다리고 있던 방양에게 눈치를 주었다.

방양이 앞으로 나서며 철각사에게 인사했다.

"북경상련의 총수인 방각입니다. 모쪼록 앞으로 잘 부탁드립니다."

철각사가 물끄러미 방양을 바라보다가 불쑥 물었다.

"혹시 반노환동한 것은 아닌지……?"

방양이 펄쩍 뛰며 손사래를 쳤다.

"아닙니다, 절대로! 저는 그저 이 모습 그대로인 사람입니다. 하하하……!"

철각사가 멋쩍게 따라 웃었다.

"아, 그렇구려. 북경상련의 총수라는데 너무 젊은 사람이라 내가 잠시 오해했소. 저기 저 설 공자 주변에는 그런 사람이 적지 않아서 말이오."

"그, 그런 가요? 하지만 저는 아닙니다. 저는 그저 평범한 상인일 뿐입니다. 하하하……!"

"그리 평범해 보이지는 않소만, 아무튼, 알겠고, 이 사람도 잘 부탁드리오."

"저야말로……!"

설무백은 한 사람은 철저한 무인이고 다른 한 사람은 철저한 상인이라 전혀 어울릴 것 같지 않은 두 사람이 나름 적당히 잘 어울리며 인사를 나누는 것에 만족하며 돌아섰다.

주변의 이목을 확인하며 총총히 그 자리를 벗어난 그는 기루의 뒤쪽에 자리한 후원으로 가서는, 그곳에서도 가장 사람들의 이목이 닿지 않는 구석진 자리의 바위에 엉덩이를 걸치며 말했다.

"아직도 여전히 삐져 있는 거냐?"

암중의 요미에게 하는 말이었다.

요미가 잠시 뜸을 들이다가 대답했다.

"삐진 거 아니에요."

"그럼 왜 그리 내내 아무런 말도 하지 않고 버티는 거야? 원래 그런 애가 아니잖아, 너?"

"쳇! 내가 그럼 뭐 맨날 참새처럼 재잘거렸다는 거예요?"

"응!"

"……."

설무백의 주저 없는 대답을 들은 요미가 말문이 막힌 듯 한동안 침묵하다가 말했다.

"잠시 내 자신을 돌아보고 있는 중이에요."

"오, 그런 심오한……?"

"놀라지 마요! 정말이니까!"

설무백은 빙그레 웃으며 물었다.

"그래, 왜 그러는 건데?"

요미가 대답했다.

"이번 일로 정말 절실하게 느꼈어요. 내 능력이 아직 부족하다는 거요. 그래서 내 자신을 돌아보며 고민하고 있어요. 어떻게 하면 더 강해질 수 있는 건지 말이에요."

"너 충분히 강해. 공야무륵을 봐라. 아직까지 기력을 못 찾고 누워 있는데, 너는 멀쩡하잖아. 하다못해 노야들도 그래. 내게는 철면신의 무력을 제대로 한번 견식해 보고 싶다며 사라졌지만, 사실은 어디서 쉬고 있고 있는 거야. 내 앞에서 대놓고 그러기는 자존심이 상하니까 말이야."

"다른 사람 얘기는 필요 없어요. 내가 중요해요. 지금 나는 부족해요. 오빠랑 같이 달릴 수 없었으니까."

"……!"

설무백은 말문이 막혀 버렸다.

그 일을 이렇게나 깊게 생각할 줄은 몰랐다.

그 바람에 일이 이래저래 꼬여 버렸다.

우선 충분하다고 말해 주고 싶으나, 그럴 수가 없었다.

마치 자신은 범접 불가의 딴 세계 사람이라고 잘난 척하는 것 같아서 스스로 생각해도 비위가 상했다.

그리고 애초에 사람들의 이목을 피해서 이곳으로 자리를 이동한 목적도 틀어져 버렸다.

사실은 사람들의 이목을 피해서 그녀에게 한 가지 사실을 주지시키고, 보다 더 정진하라고 충고하려던 것이었는데, 이렇게나 분명하게 자신의 부족함을 자각하며 더 없이 절실하게 더욱 강해지겠다고 다짐하는 사람에게 무슨 말을 더할 수 있을 것인가.

그런 그의 생각을 아는지 모르는지, 요미가 다부진 목소리로 거듭 다짐했다.

"기대해도 좋아요! 머지않아 오빠의 곁에서 절대 떨어지지 않는 모습을 보여 줄 테니까!"

'사실 지금도 충분히 부담스러울 정도로 안 떨어지고 있는 건데……!'

설무백은 내심 고소를 금치 못했다.

그리고 다른 한편으로 어떻게 해야 별반 무리 없이 작금의 상황을 헤쳐 나갈 것인가를 고민했다.

이내 적당한 핑계가 떠올랐다.

"그런 것 때문이었다면 다행이다. 난 또 네가 다른 생각으로 삐져 있는 줄 알았지. 아무려나, 그럼 이제 말해도 되겠네."

"뭘요?"

"너 내내 어머님 앞에 모습을 안 드러냈잖아. 어머님이 나를 생각해서 내색은 하지 않으셔도 걱정이 이만저만 아니실 거다. 예전에 그리도 싹싹하게 굴던 네가 안 보여서 말이다. 그러니 어서 당장 가서 인사드려. 더 걱정하시기 전에."

"아, 그게 내 생각만 하다가 그만……! 죄송해요! 알았어요! 지금 바로 가서 인사드릴게요!"

암중의 요미가 후다닥 사라졌다.

얼마나 다급했는지 전에 없이 주변에 다른 사람이 있었다면 바로 알아차릴 정도의 기척까지 냈다.

설무백은 그저 웃어넘기고는 이내 홀가분한 마음이 되어서 측면에 자리한 담 안쪽에 줄지어 서 있는 방풍목이 드리운 그늘을 주시하며 말했다.

"나와."

나무 그늘이 대꾸를 할 리는 없었다.

그럼에도 불구하고 그는 짐짓 험상궂게 인상을 쓰며 다그쳤다.

"나를 노리는 건 이미 실패했으니까, 그냥 나오라고! 내가 꺼내 줘?"

그때였다.

방풍목의 그늘 사이에서 한순간 짙어진 그림자가 전광석화처럼 튀어나오며 설무백을 덮쳤다.

흐릿해진 그림자 속에서 예리하게 반짝이는 것은 아마도 비수의 서슬일 것이다.

척-!

설무백은 대수롭지 않게 손을 내밀어서 그늘 속에서 튀어나온 그림자를 단숨에 제압했다.

정확히는 한 손으로 그림자가 뻗어 낸 칼을 잡아채고, 다른 한손으로는 그림자의 목을 잡아서 그대로 땅으로 찍어 눌렀다.

쿵-!

둔탁한 소음이 울리고, 그 뒤를 억눌린 신음이 따랐다.

"윽!"

동시에 방풍목의 그늘에서 튀어나온 검은 그림자가 사람의 모습으로 변했다.

작은 체구를 가진 복면인이었다.

설무백은 바닥으로 찍어 누른 그 복면인의 목을 풀지 않은 채로 마혈을 점했다.

워낙 순식간에 벌어진 일이라 마치 복면인이 자기 스스로 날아와서 설무백의 발 앞에 드러누운 것처럼 보이는 상황이었다.

설무백은 그제야 복면인의 목에서 손을 떼고는 원래 앉아 있던 바위에 엉덩이를 걸치고 앉으며 물었다.

"내가 왜 사람들의 이목을 피해서 이곳으로 왔다고 생각해?"

복면인이 대답 대신 파르르 몸을 떨었다.

분노인지 두려움인지 모르겠으나, 설무백의 말에 대한 분명한 반응이었다.

설무백은 피식 웃는 낯으로 그 모습을 주시하며 불쑥 다른 걸 물었다.

"너 아까 내가 갑자기 아직도 여전히 삐져 있는 거냐고 물었을 때 깜짝 놀랐지? 아무도 없는데 그러니까 너한테 하는 얘기인 줄 알고?"

"……."

복면인은 여전히 가타부타 대답하지 않았다.

그저 복면에 뚫린 구멍으로 빠끔히 드러난 눈동자만 이리저리 굴릴 뿐이었다.

못내 놀라고 당황하는 반응이었다.

설무백은 그것으로 알 수 있었다.

요미가 복면인의 존재를 감지하지 못한 것처럼 복면인도 요미의 존재를 감지하지 못하고 있었던 것이다.

"너무 그리 놀랄 것 없다. 너도 대단해. 요미에게 발각당하지 않은 것만 해도 대단한 거다."

설무백은 한마디 칭찬을 아끼지 않으며 잠시 복면인의 흔들리는 눈빛을 주시하다가 문득 고개를 갸웃하며 손을 내밀어서 복면을 벗겼다.

예상대로 여자의 얼굴이 나왔다.

까무잡잡한 얼굴이 매우 작아서 크고 동그란 두 눈이 얼굴의 반을 차지하는 것처럼 느껴지는 여자였다.

이십 대 중반 혹은 후반 정도일까?

그리 빼어나다고 말할 수 있는 얼굴은 아니나, 어디 가서 부족하다고 느껴질 얼굴도 아닌, 어떻게 보면 무미건조할 정도로 특색이 없는 평범한 얼굴의 여인이었다.

설무백은 그 얼굴을 가만히 내려다보다가 묵인이 아님에도 햇볕에 지나치게 그을린 듯 까무잡잡한 그녀의 피부에 절로 미간을 찡그리며 불쑥 물었다.

"너 혹시 흑수혈의 흑지주냐?"

까무잡잡한 얼굴에 퉁방울눈을 가진 여인은 이번에도 입을 꾹 다문 채 아무런 대답도 하지 않았다.

그러나 그녀의 의지와 무관하게 그녀의 눈빛이 대답하고 있었다.

그렇다고, 그걸 네가 어찌 아느냐고, 반문하며 불안과 초조 속에 흔들렸다.

"이렇게 하자."

설무백은 거두절미하고 제안했다.

"다른 건 다 필요 없고, 누가 너에게, 아니, 네가 소속된 흑수혈이겠지. 그래, 흑수혈에 나를 죽이라고 청부한 자가 누구냐? 그것만 말해 주면 당장 두말없이 너를 풀어 주마. 그 이후에 네가 다시 나를 노리건 말건, 그건 네 자유고. 누구냐, 그자가?"

여인, 흑수혈의 특급살수인 흑지주는 선뜻 대답하지 않고 망설이는 기색을 보이다가 이내 작심한 듯 질끈 두 눈을 감았다.

절대 말할 수 없다는, 죽어도 제안을 받아들이지 않겠다는 단호한 결의가 엿보이는 태도였다.

설무백은 쓰게 입맛을 다셨다.

그때 인기척을 내며 후원으로 들어서는 사람이 있었다.

기력을 회복한 공야무륵이었다. 그 공야무륵이 설무백 앞에 가로로 누워 있는 흑지주를 보고 눈을 끔뻑이며 물었다.

"걔는 누굽니까?"

공야무륵이 시작이었다.

어디에 있다가 어떻게 알고 찾아왔는지는 모르겠지만, 이내 검노와 환사가 철면신을 데리고 나타났다.

그 뒤로 방양과 담소를 나누고 있는 것으로 알던 철각사도 기웃거리며 찾아왔고, 이런저런 사정으로 아직 돌아가지 않고 머물던 묘안과 초도도 모습을 드러냈다.

그렇게 해서 본의 아니게 바닥에 드러누운 살수, 흑지주를 가운데 두고 때 아닌 난상토론이 벌어졌다.

"요즘 같은 시기에도 살수를 쓰는군."

"살수를 쓰는 데 시기와 때가 어디에 있겠소. 어쩌면 요즘 같은 시기니까 더욱 살수를 쓰는 것일 수도 있지요."

"이 아이가 좀 특별나기도 하오."

"이 아이 어디가 특별나다는 거요? 나는 아무리 봐도 연약해 보이는 어린애인데."

"검노 눈에 누군들 연약해 보이지 않겠소."

"주군은……!"

"주군은 뺍시다."

"장강의 하백도……!"

"그 사람도 뺍시다. 명색이 장강의 신 아니오."

"이래서 빼고 저래서 빼면……!"

"아참, 그만들 두시고, 그래서 이 아이가 누구라는 거요?"

"흑지주랍니다."

"흑지주?"

"흑수혈의 특급살수라는 그 흑지주요."

"그래? 흑수혈이 왜 주군을 노리는 거지?"

"그야 청부를 받았으니까……?"

"주군을 노리면 죽여야 한다!"

모두가 도란도란 대화를 나누는 도중에 갑자기 철면신이 살
기를 드높이며 바닥에 누워 있는 흑지주에게 다가갔다.

검노가 놀라서 급히 소리쳤다.

"무륵아, 쟤 좀 말려라!"

공야무륵이 울상을 지었다.

"제가 말린다고 얘가 말을 듣나요!"

설무백은 급히 나서서 철면신을 향해 소리쳤다.

"물러나! 잡혀 있잖아! 잡힌 건 죽이는 거 아냐!"

"잡힌 건 죽이는 거 아니다."

철면신이 즉시 설무백의 말을 복창하며 물러나서 예의 자리에 쪼그리고 앉았다.

검노가 칭찬했다.

"기특하네."

환사가 그와 상관없이 설무백을 향해 물었다.

"어떻게 하실 겁니까, 흑수혈 애들? 주군께서 명령만 주시면 제가 나서서……!"

검노가 슬쩍 끼어들었다.

"같이 가세. 한 손보다는 두 손이 낫지."

"그럼 저도……!"

공야무륵이 나서자, 환사가 단호하게 고개를 저었다.

"너는 안 돼! 고작 달리다가 뻗어서 하루 종일 드러누워 있던 약골을 어디다 써?"

공야무륵이 울컥해서 반발했다.

"아까 얘기를 듣자니, 노야도 쉬셨다면서요?"

"내가 왜 쉬어? 나 안 쉬었어!"

"에이, 쉬었다던데? 그리고 또 권법만으로 겨룬 비무에서 철면신에게 쩔쩔맸다면서요?"

"쩔쩔매긴 누가 쩔쩔맸다고 그래? 내가 훨씬 위였어! 다칠까 봐 봐주면서 한 거야!"

"그 눈두덩이 옆에 시퍼런 건 뭐죠?"

"이건 하산하다가 바위에 부딪친 거야!"

"바위가 참 특이하기도 하네요. 마치 주먹처럼 생긴 바위였나 보죠? 멍 자국이 무슨 주먹으로 맞은 것처럼 손가락 자국이 나 있으니 말이에요."

"그, 그래! 좀 특이하긴 했어. 아무튼, 누구야? 누가 나보고 쉬었고, 쩔쩔맸다고 그랬어?"

환사가 악을 쓰다가 이내 깨닫고는 발작적으로 고개를 돌려서 검노를 노려보았다.

"같이 간 사람은 검 선배 한 사람뿐이잖아!"

진작부터 딴청을 부리고 있던 검노가 머쓱한 얼굴로 먼 산을 바라보며 말했다.

"난 쉬었다고 안 했어. 그저 뒷간을 가는데 너무 천천히 가더라고 했지."

"그럼 내가 쩔쩔맸다는 소리는 또 뭐요?"

"그런 소리도 안 했어. 그냥 좀⋯⋯."

"그냥 좀 뭐요?"

"⋯⋯밀렸다고 말하긴 했지."

환사가 발끈했다.

"내가 언제 밀렸다는 거요?"

검노가 두 눈에 힘을 주고 환사의 시선을 마주했다.

"어허, 이거 왜 이래? 조금 밀린 건 사실이잖아."

"아니 그러니까 언제 밀렸냐고요?"

"처음부터 끝까지."

"정말 이러실 거요?"

"내가 뭘 어쨌는데?"

"선배!"

"왜!"

격앙된 감정 속에 언성이 높아졌다.

무엇보다도 대화가 산으로 가고 있었다.

설무백은 절로 한숨을 내쉬며 어쩔 수 없이 대화에 끼어들었다.

"저기…… 지금 그 얘기를 하던 것이 아니었던 것으로 아는데요?"

"아……!"

"흠흠!"

서로를 노려보던 환사와 검노가 그제야 떨어져서 멋쩍은 표정으로 헛기침을 했다.

감히 대화에 끼어들지 못한 채 눈치만 보고 있던 묘안이 그 순간에 나섰다.

"그냥 처리해 버리기에는 아깝습니다."

"흑수혈이……?"

"아니요."

묘안은 바닥에 드러누워서 눈만 말똥거리고 있는 흑지주를 일별하며 재우쳐 말했다.

"여기 이 흑지주 말입니다. 흑수혈의 살수라서 흑지주가 유명한 것이 아닙니다. 흑지주가 있어서 흑수혈이 명성을 떨치고 있는 겁니다."

장내의 시선이 묘안에게 쏠렸다.

묘안이 어느새 자신에게 집중된 주변의 이목을 의식한 듯 한층 힘준 목소리로 부연했다.

"오래전부터 사대 살수 중에서 과거 천하제일살수로 명성을 날렸던 일점홍(一點紅)의 뒤를 이을 살수를 따질 때면 어김없이 잔월 노야와 더불어 거론되는 이름이 바로 흑지주입니다."

설무백은 새삼스러운 눈빛으로 흑지주를 바라보다가 이내 쓰게 입맛을 다시며 말했다.

"얘가?"

"예."

"별로 안 세던데?"

"그럼요. 별로……?"

묘안이 얼떨결에 습관적으로 수긍하다가 이내 깨달으며 놀라서 급히 말을 바꾸었다.

"그거야 주군께서 워낙 강하시니까……! 다른 사람들은 전혀 그렇지 않을 겁니다!"

"그래?"

"그럼요!"

묘안은 거듭 힘주어 장담하다가 설무백의 시선이 지금 모여 있는 검노와 환사 등을 둘러보자, 화들짝 놀라며 다시 말했다.

"아니요! 여기 있는 분들은 말고요! 여기 있는 어르신들이야 일반적인 무림의 고수들과는 전혀 다른 분들이지 않습니까!"

설무백은 냉정하게 고개를 저었다.

"일반적인 무림의 고수들에게만 힘을 쓰는 애라면 별로 필요하지 않은데?"

"아니, 그게 아니라요."

묘안이 진땀을 뻘뻘 흘리며 설명했다.

"제가 말하는 일반적인 무림의 고수는 여기 계신 노야들과 비교해서 그렇다는 거지, 정말로 흔하디흔한 그런 일반적인 고수를 말하는 게 아닙니다. 단적으로 말해서 흑지주가 작심하고 노리면 구대문파의 장로급에 해당하는 고수라고 해도 절대 피하지 못할 겁니다. 그러니까⋯⋯!"

"알아, 알아!"

설무백은 피식 웃는 낯으로 말을 끊으며 턱짓으로 흑지주를 가리켰다.

"그냥 우리말을 듣는 쟤 반응이 하도 재미있어서 그냥 해 본 소리야."

사실이었다.

실제로 설무백은 내내 그들의 대화에 따라 이런저런 반응을 보이는 흑지주를 살피고 있었다.

"아, 그, 그런 겁니까?"

묘안이 이제야 답답함이 풀린 표정으로 한숨을 내쉬며 웃었다.

그런 그에게 설무백이 다시 말했다.

"그런데 그건 나만 좋다고 해서 되는 문제가 아니잖아? 얘가 원해야 하잖아?"

묘안은 이게 그냥 하는 말이 아니라 자신에게 내는 문제라는 것을 대번에 간파하고는 서두르지 않고 뜸을 들이며 심사숙고하고 나서 대답했다.

"이렇게 하시죠. 어떻게 하시든 이 친구를 보름만 주군의 곁에 붙잡아 두십시오. 제가 장담합니다. 그러면 이 친구 정말로 주군을 노리기는커녕 적으로 두려고도 하지 않을 겁니다. 그때 이 친구에게 제안하십시오. 그때는 이 친구도 절대 주군의 제안을 거부하지 않으리라고 봅니다."

설무백은 절로 고개를 갸웃했다.

그는 전부터 묘안을 제갈명과 버금가는 두뇌의 소유자인 지략가라고 생각하고 있었다.

그런데 지금 묘안이 그에게 내놓은 제안은 어찌 허술하기 짝이 없었다.

그는 그걸 감추지 않고 바로 말했다.

"두 가지 문제가 보이네."

"어떤 문제입니까?"

설무백은 대수롭지 않게 되묻는 묘안의 태도를 보자 자신이 놓치고 있는 것이 있는 건가 하는 생각이 들었으나, 그냥 무시하고 하던 말을 계속했다.

"첫째는 이 친구가 내 곁에 있으면서 내가 무슨 말을 해도 틀림없이 호시탐탐 사력을 다해서 나를 노릴 텐데, 그럼 이 친구가 죽어. 내가 매순간 이 친구에게 신경 써 줄 수는 없으니까."

흑지주가 설무백을 노리면 흑지주가 죽는다.

설무백이 매순간 흑지주를 신경 써 줄 수 없으니까.

이 얘기는 누가 들어도 난해한 문제처럼 이해하기 어려운 말이었으나, 묘안은 대번에 이해했다.

설무백의 곁에는 공야무륵과 철면신, 그리고 지금 이 자리에는 없지만 절대 떨어지려고 하지 않는 요미가 있으며, 그들은 상대가 누구든 설무백의 목숨을 노리는 적을 절대 용서하지 않는다.

설무백이 신경을 써서 매순간 자신의 목숨을 노리는 흑지주를 구해 주지 않는다면 흑지주는 그들의 손에 죽을 수밖에 없는 것이다.

"그건……!"

"사전에 흑지주가 노려도 그냥 두라고 명령을 내려둬라?"

"예, 그겁니다."

"그걸로 어느 정도 해결할 수는 있지만, 완전히 해결되는 것은 아니야. 공야무륵과 달리 요미는 내가 제어할 수 없는 순간이 있을 수 있고, 철면신도 그러니까."

"그때는 어쩔 수 없이 주군께서 나서 주셔야지요. 그건 매순간이 아니니 충분히 가능할 것이 아니겠습니까."

"하긴, 그건 그렇겠지."

설무백은 수긍했다.

매순간이 아니라면 그건 얼마든지 그가 막을 수 있었다.

사실을 말하자면 매순간이라도 막을 수 있었다.

다만 귀찮을 뿐이고, 그렇게 하면서까지 흑지주를 수하로 거두고 싶은 생각이 없을 뿐이었다.

아마도 묘안 역시 그것을 익히 잘 알고 있기에 지금처럼 설렁설렁 말하는 것인지도 모른다. 아니, 분명히 그럴 것이다.

태연하게 바라보는 묘안의 시선을 마주하자 분명히 그럴 거라고 생각이 절로 드는 설무백이었다.

"하지만 문제는 여전히 남지. 사실 나는 이게 가장 중요하다고 생각하는데……."

설무백은 보란 듯이 손가락으로 바로 발 앞에 누워 있는 흑지주를 가리키며 말했다.

"우리 대화를 이 녀석이 다 들었단 말이지. 얘도 사람인데 오기로라도 버티지 않을까? 그게 인지상정이잖아?"

묘안이 당연히 그걸 문제시할 줄 알았다는 표정으로 웃으며 대답했다.

"오기는 말 그대로 남에게 지기 싫어하는 감정이지요. 그래서 없는 것보다는 있는 것이 훨씬 낫긴 하지만, 판단력과 능력도 없이 오기만 부리는 자를 어디다가 쓰겠습니까. 그때는 당연히 버리셔야지요."

"……."

설무백은 절로 슬며시 미간을 찌푸리며 입맛을 다셨다.

어째 생각해 보고 또다시 돌이켜봐도 무언가 자신이 말장난에 넘어간 것 같은 기분이 들었으나, 기본적으로 틀린 말이 아닌데다가, 달리 불합리하다는 생각도 들지 않아서 그냥 수긍하기로 마음먹었다.

그는 못내 어쩔 수 없이 인정하겠다는 표정으로 고개를 끄덕이며 흑지주와 시선을 맞추며 물었다.

"들었지? 어디 한번 해 볼래?"

흑시주는 분명 앞서 설무백을 공격하다가 사로잡힌 상황을 자신의 실력이 부족해서가 아니라 우연의 일치처럼 재수가 없어, 그야말로 어쩌다가 벌어진 실수라고 생각하는 것 같았다.

설무백의 시선을 마주하며 가늘고 차갑게 변한 그녀의 눈빛이 그렇게 보였다. 그리고 그것을 대변하듯 처음으로 그녀가 입을 열고 목소리를 냈다.

"한다! 하겠다!"

설무백은 어깨를 으쓱하며 묘안을 바라보았다.

묘안이 흐뭇한 표정을 지었다.

그때 저편에서 요미가 나타나서 말했다.

"얘는 누구예요? 그리고 뭘 한다고 저리 악을 쓰는 거예요?"

설무백은 다시금 어깨를 으쓱이며 묘안을 바라보았다.

묘안의 안색이 흙빛으로 변했다.

설무백은 그건 자신이 상관할 바가 아니라는 듯 아무렇지도 않게 흑지주의 혈도를 풀어 주고 자리를 떠나며 말했다.

"잘 설명해 줘."

무진광자無盡狂者

묘안이 흑수혈의 흑지주를 그렇게나 높이 평가하며 설무백의 곁에 두라고 추천한 것에는 그만한 이유가 있었다.

아는 사람은 다 아는 얘기지만, 강호무림에서 사대 청부 단체의 하나로 꼽히는 흑수혈은 어렵고 난감한 삶을 사는 민초들과 매우 밀접한 청부 단체였다.

흑수혈의 청부는 거의 다 민초들과 얽혀 있었고, 그것도 부당한 일의 반대편에 서 있는 경우가 대부분이었다.

하오문의 묘안은 그런 면에서 흑수혈과 묘한 동질감을 가지고 있었다.

따라서 진심으로 그들의 동향을 주시한 까닭에 흑지주에 대해서도 못내 적잖은 애정을 품고 있었다.

비록 짝사랑처럼 일방적인 관심과 애정에 불과했으나, 적어도 그는 그 자리에서 흑지주를 죽게 할 수는 없었고, 그 바람에 이런저런 억지까지 부려 가며 그녀를 구하고자 했던 것이다.

다만 그런 묘안도, 아니, 그런 묘안이기에 이번 흑지주의 청부에 대해서는 적잖은 의문을 품고 있었다.

주로 없이 사는 민초들의 원한을 다루는 흑수혈이 강호무림에서도 아는 사람에게만 유명한 설무백에 대한 청부를 수락할 이유란 그 어디에도 없었다.

다른 사람들은 몰라도 그는 그간 흑수혈이 그리고 흑지주가 이런 측면에서 얼마나 확고했는지 익히 잘 알고 있었다.

요미에게 흑지주에 대한 전후 사정을 설명해 주고, 폭발하기 직전까지 치솟은 그녀의 감정을 다독이느라 애써 이런저런 가짜 핑계까지 동원하며 진땀을 한사발이나 흘린 묘안이 그 이후 바로 설무백을 찾은 바로 그 때문이었다.

그러나 거처에서 철면신과 무언가 대화를 나누고 있다가 그의 방문을 받은 설무백은 그의 말을 그다지 중요하게 생각하지 않는 것 같았다.

그저 별걱정을 다한다는 듯이 지나가는 말처럼 한마디 툭 던졌다.

"네 말이 맞다면 둘 중 하나겠지. 생각을 바꿀 정도로 굶주렸거나, 굶주린 사람을 많이 알고 있거나."

묘안은 못내 속이 조금 상했다.

딴에는 의심의 여지가 많고, 그에 따라 걱정도 돼서 부리나케 달려와서 하는 말인데, 설무백이 너무 성의 없게 치부한다 싶어서 섭섭했다.

그런데 그냥 하는 말이 아니었다.

설무백이 바로 다시 말했다.

"가서 데려와. 내가 직접 물어보도록 하지. 지금쯤 짓궂은 통성명도 다 끝났을 거잖아."

"아…… 예, 알겠습니다!"

묘안은 즉시 달려가서 흑지주를 데려왔다.

흑지주 입장에선 고맙고 고마운 일이었을 것이다.

설무백의 짐작처럼 짓궂은 통성명은 끝났을지 모르겠으나, 검노와 환사, 철각사 등에게 둘러싸여 눈치를 보는 그녀의 모습은 그야말로 늑대들에게 둘러싸인 가여운 한 마리의 어린 양처럼 보였다.

제아무리 천하사대살수의 하나라도 검노나 환사 등의 사이에 끼면 그렇게 보일 수밖에 없었다.

설무백은 그걸 아는지 모르는지 기진맥진한 모습으로 나타난 흑지주를 향해 늘 그렇듯 거두절미하고 물었다.

"아이들을 돌보고 있나?"

흑지주가 흠칫 놀랐다.

그녀만이 아니라 묘안도 적잖게 놀라서 휘둥그레진 눈으로 설무백을 바라보았다.

느닷없이 이런 얘기가 나올 줄은 그도 상상조차 하지 못한 것이다.

설무백은 그런 그들의 반응과 무관하게 대답을 기다리지 않고 말을 더했다.

"너와 비슷한 친구가 하나 있다. 그 친구도 여자인데, 너를 보자마자 왠지 모르게 그녀가 떠오르더라."

흑지주가 코웃음을 날렸다.

"재밌는 말을 하는군. 그 뒤에 나올 말은 그녀도 당신을 노렸고, 지금은 당신 곁에서 충성을 다한다는 소리겠지?"

설무백은 피식 웃는 낯으로 고개를 끄덕였다.

"충성이라고 말할 수는 없지만, 대충 그래. 내가 말하면 그게 무엇이든 따르고 있으니까."

"……"

어이없다는 표정에서 반신반의하는 표정으로 바뀐 흑지주가 가만히 설무백을 바라보았다.

설무백은 재촉인 듯 재촉 아닌 것처럼 재촉했다.

"그리 급하지 않으면 말하지 않아도 돼."

"……"

흑지주가 여전히 의심의 잔재가 남아 있는 눈빛으로 설무백을 바라보며 머뭇거리다가 불쑥 물었다.

"그녀가 누구지?"

설무백은 짧게 대답했다.

"대력귀."

"······!"

흑지주의 눈이 커졌다.

적잖게 놀란 눈치였다.

그럴 수밖에 없을 터였다.

천하의 독행대도로 명성을 날린 대력귀가 여자라는 것도 처음 들었을 뿐만 아니라, 대력귀라면 그녀보다 더하면 더했지 결코 덜하지 않는 명성의 소유자인 흑도의 거목인 것이다.

이윽고, 그녀는 한층 누그러진 목소리로 물었다.

"정말인가?"

"뭐가?"

"그녀가 아이들을 보살피고 있었다는 거. 정말이야?"

"정말이야. 그것도 아주 많이."

"걔들은······ 아이들은 지금 어떻게 됐지?"

"그야 물론 지금 내가 보살피고 있지. 아니, 애들이 알아서 잘 크고 있는 건가? 아무튼, 그래. 다들 잘 지내고 있어."

흑지주가 새삼 반신반의하는 표정으로 설무백을 바라보았다.

그야말로 믿을 수도 없고, 믿지 않을 수도 없다는 듯한 눈치였다.

설무백은 그런 그녀를 보고 픽 웃으며 말했다.

"내가 무슨 부귀영화를 누리겠다가 너에게 그런 거짓말을 할까? 너 그렇게 대단한 존재 아니야. 적어도 내게는, 노야들에게 꽤나 오랜 시간을 시달렸을 텐데, 아직도 그걸 모르냐?"

"……."

흑지주가 절로 한숨을 내쉬었다.

인정할 수밖에 없는 말인 것이다.

그녀는 그제야 한결 누그러진 표정으로 말했다.

"맞아. 애들이 있어. 나만이 아니라 우리 흑수혈이 보살피는 아이들이지."

설무백은 짐짓 냉정하게 꼬집었다.

"사람을 죽인 목숨 값으로 말이지?"

흑지주가 발끈했다.

"죽일 놈만 죽였어! 아니, 최대한 그렇게 노력했어! 필요 없는 놈, 죽어도 싼 놈, 제 잘난 멋에 살면서 남을 괴롭히는 잡놈들, 그런 놈들의 청부를 우선적으로 받는 게 바로 우리 흑수혈의 철칙이야!"

"누가 뭐래?"

설무백은 대수롭지 않게 잘라 말했다.

"나는 지금 탓하는 게 아니야. 그저 사실을 말하고 있을 뿐이지. 막돼먹고 못돼먹은 자들의 목숨도 사람의 목숨인 건 사실이잖아. 하물며 나는? 내가 어디를 봐서 막돼먹고 못돼먹은 사람으로 보이냐?"

"……."

흑지주가 말문이 막힌 표정으로 함구했다.

설무백은 진중해진 목소리로 다시 말했다.

"요는 이거야. 얼마나 되는 아이들을 보살피는지는 모르겠지만, 이제 전처럼 사람의 목숨 값으로 아이들을 먹여살리지 않아도 되는 길이 눈앞에 나타난 거야. 그 길로 갈래 말래?"

"……!"

흑지주가 머뭇거리고 또 머뭇거리다가 악을 쓰듯 대답했다.

"갈래!"

설무백은 픽 웃으며 말했다.

"아이들이 얼마나 돼?"

"이백 명 정도. 계속 느니까, 지금은 그보다 더 늘었을 거야."

흑지주는 말을 하고 나서 은근슬쩍 설무백의 눈치를 보았다.

설무백은 그런 그녀 모습 또한 과거 대력귀의 태도와 같아서 내심 고소를 금치 못하며 말했다.

"이렇게 하자. 그 애들은 다 내가 책임지고 보살필 테니까, 너와 흑수혈은 그에 상응하는 일 좀 하자."

흑지주가 눈을 깜박이며 물었다.

"무슨 일?"

설무백은 대답 대신 묘안에게 시선을 주며 말했다.

"가서 방양 좀 데려와."

묘안이 어리둥절해하며 이유도 모르고 달려가서 방양을 데려왔다.

이유를 모르기는 흑지주도 마찬가지라, 한동안 어색한 침묵의 시간이 찾아왔고, 방양이 도착해서야 그 침묵이 깨졌다.

"무슨 일이야? 어라? 예쁜 이 아가씨는 또 누구야?"

"조심해라. 그러다 목 따여서 죽는다?"

"응?"

설무백은 무슨 소린지 모르고 눈이 커진 방양에게 흑지주의 정체를 밝혔다.

"인사해. 너의 구애를 발로 찼던 흑수혈의 흑지주다."

"뭐……?"

방양의 두 눈이 휘둥그레졌다.

설무백은 그런 어깨를 잡고 말했다.

"아직도 쓰고 싶은 생각 있지? 이 친구를 포함한 흑수혈의 살수들 말이야."

"그야 물론이지만……?"

방양의 얼굴이 살짝 일그러졌다.

설무백은 그런 그의 어깨를 다시금 두드리며 조언했다.

"낭인들은 낭인들대로 따로 운영해. 그 정도 대비는 필요한 세상이니까."

방양이 반색하며 물었다.

"그럼 철 노야도 데려가는 거 아니지?"

방양의 안색이 일그러진 이유는 다른 무엇보다 철각사와의 헤어짐이 싫어서였다.

'하룻밤에 만리장성을 쌓는다더니만……!'

설무백은 그사이 얼마나 가까워졌기에 이러나 싶은 마음이 들기도 했으나, 굳이 내색하지 않았다.

기실 그는 전부터 철각사가 조금 쉬어야 한다고 생각하고 있었다.

십여 년을 몸져누워 생활하다가 겨우 일어나자 한 일이 그를 추적한 것이었다.

다른 걸 다 떠나서 당시와 전혀 다른 작금의 세상에 적응할 시간이 필요했다.

작금의 세상에 적응하지 못하고 있다고 생각하지는 않지만, 그러기 위해서 들이는 심력이 실로 막대하다는 생각이었다.

철각사가 종종 아니, 자주 홀로 멍하게 앉아서 자신만의 시간을 보내는 것은 아마도 거기에 따른 방황일 거라고 설무백은 짐작하고 있었다.

"물론 아니지. 철 노야는 당분간 여기서 지낼 수 있게 해 줘. 사실 그 양반 생각할 게 아주 많은데 그동안 나를 따라다니느라 그럴 시간이 없었거든."

"걱정 마라!"

방양이 반색하며 재우쳐 확답했다.

"내가 바라는 것이 그거였으니까!"

"아참, 이 친구는 잠시 보류."

흑지주를 두고 하는 말이었다.

방양이 고개를 갸웃했다.

"아니, 왜?"

"시킬 일이 있어서."

설무백은 에둘러 대답하고는 역시나 방양처럼 어리둥절해하고 있는 흑지주를 향해 말했다.

"뭘 그리 이상하게 쳐다봐? 너는 가서 애들을 풍잔에 데려다주고 와야지."

"예?"

흑지주가 너무 놀라서인 듯 엉겁결에 존칭을 썼다.

"제, 제가요?"

그러고는 얼굴을 붉히며 급히 말을 바꾸었다.

"내가?"

설무백은 그저 가볍게 웃어넘기고는 묘안에게 시선을 주며 말했다.

"네가 도와라. 알다시피 여기는 전에 다친 사람들이 너무 많아서 따로 뺄 수 있는 인원이 없으니까, 네가 적당히 필요한 인원을 추려서 지원해 줘."

"예, 알겠습니다."

묘안이 즉시 대답하며 고개를 숙이는 사이, 흑지주가 적잖게 놀라고 당황한 기색으로 물었다.

"내가 가 봐도 된다고? 정말?"

설무백은 대수롭지 않게 물었다.

"싫다는 거야, 좋다는 거야?"

"당연히 좋지만……!"

흑지주가 못내 이상하다는 눈빛으로 설무백을 쳐다보며 재우쳐 물었다.

"왜 날 믿지?"

설무백은 실소하며 대답했다.

"내가 널 언제 봤다고 믿어?"

흑지주가 그러면 그렇지 하는 표정을 짓다가 이내 오만상을 찡그리며 다시 물었다.

"그럼 왜 날 보내 주는 거지? 내가 어떤 생각을 가지고 어떻게 행동할 줄 알고?"

설무백은 특유의 미온한 미소를 지으며 끌끌 혀를 찼다.

"내가 아까 말했지? 너 그렇게 대단한 존재 아니라고. 널 믿지도 않는데 왜 보내 주긴 왜 보내 주겠냐? 당연히 네가 무슨 짓을 해도 내 손바닥 안이라고 생각하니까 보내 주는 거지."

그는 짐짓 눈총을 주며 윽박지르는 것으로 말을 끝맺었다.

"까불지 말고, 아이들이나 안전하게 잘 데려다주고 돌아와!"

흑지주는 자기 스스로도 이게 왜 이런지 모르겠다는 듯한 표정으로 찍소리도 못하며 돌아서서 밖으로 나갔다.

묘안이 서둘러 설무백에게 공수하고는 그녀의 뒤를 따라갔다.

방양이 그제야 설무백을 향해 엄지손가락을 치켜세우며 감탄했다.

"오, 탄복했다. 고작 말 몇 마디로 사람을 휘어잡는 그 위엄, 그 기상! 너 정말 그 방면으로 타고 났구나!"

설무백은 까불지 말라는 듯 눈을 흘기며 말했다.

"희떠운 소리 그만두고, 응천부로 돈이나 좀 보내 줘."

"응천부? 전하에게?"

"응."

"황위까지 차지하신 분에게 갑자기 돈은 왜?"

"황위까지 차지했으니까."

"응?"

"알면서 시치미 떼기는……!"

설무백은 짐짓 매서운 눈총을 주며 재우쳐 말했다.

"승리했으니 논공행상해야지. 논공행상은 입으로만 하냐? 지위를 나누는 것도 정도가 있는 거야. 물질적인 대가가 없으면 아무리 높은 자리를 얻어도 실망할 수밖에 없는 거라고. 근데, 있는 돈 없는 돈 닥닥 긁어서 죄다 전쟁 준비에 다 써 버린 전하께 지금 무슨 돈이 있겠냐?"

방양이 과장되게 놀라는 시늉을 하며 대답했다.

"놀랍다! 네가 그런 생각을 하는 것도 놀랍고, 네가 전하와 그런 것까지 걱정해 주는 사이였다는 것도 정말 놀랍다!"

"너 지금 아까워서 이러는 거야?"

"아니, 아까운 게 아니라. 내가 지금 돈이 별로 없어요. 요즘 이래저래 돈줄이 말라 가지고서는……!"

"차라리 장강의 물이 말랐다고 해라!"

설무백은 코웃음을 치고는 자리를 박차고 벌떡 일어나며 짐짓 사납게 으르렁거렸다.

"엄살 피지 말고 기존에 전하를 지원해 주는 군자금에 조금 더 넣어서 보내. 조금 더 넣으랬다고 정말 조금 넣지 말고 넉넉하게. 그거 다 언제고 네게 돌아올 거니까 아끼지 마."

방양이 두 손을 쳐들며 구시렁거렸다.

"알았다, 알았어! 그렇다고 그렇게 벌떡 일어날 필요까지야 없잖아!"

설무백은 픽 웃으며 말했다.

"그게 아니라, 잠시 다녀올 때가 있어서 그래."

"어딜?"

"관외."

"응?"

방양이 화들짝 놀라서 눈이 커졌다.

설무백은 그에 아랑곳하지 않고 다짜고짜 곁에 서 있는 철면신의 얼굴을 손바닥으로 덮으며 말했다.

"자라!"

놀랍게도 철면신이 잠들었다.

아니, 진짜로 잠든 것인지 아니면 설무백의 명령으로 인해 그런 시늉을 하는 것인지는 모르겠으나, 눈을 감고 있었다.

"정말 자는 거야?"

"쉿!"

설무백은 어리둥절해하는 방양을 향해 손가락 하나를 입술에 대서 조용히 하라는 시늉을 하고 그 자리에서 귀신처럼 홀연히 사라졌다.

뒤늦게 들려온 설무백의 목소리가 방양의 귓전에 울리고 있었다.

"내 곁에 아무도 없는 이 기회를 놓칠 수 없잖아. 금방 다녀올 테니까, 무조건 모른다고 해. 알았지?"

어스름 저녁이 되었다.

천하제일관이라는 산해관의 높은 기와지붕이 검게 변해 가는 황금빛에 젖어 있었다.

등불이 내걸리고, 횃불이 밝혀졌다.

산해관의 안팎에 두 줄로 도열해서 교대를 하는 문지기, 정용들의 모습이 이채로웠다.

다들 행동 하나하나가 굼뜨고, 눈빛에는 열의가 없는 지극히 형식적인 모습이었다. 그러면서도 못내 무언가를 두려워하는 기색이 역력하게 느껴졌다.

북경을 떠나서 불과 반시진도 안 되는 사이에 산해관에 도착해서 그 모습을 지켜본 설무백은 첫눈에 그 이유를 알 수 있었다.

산회관의 문마루에 올라 서 있는 장수의 곁에 흑포사내 하나가 서 있는데, 그들의 분위기가 모든 것을 말해 주었다.

문마루의 장수는 산해관의 진장이거나 적어도 상당한 지위의 군관으로 보였고, 그 곁에 서 있는 흑포사내는 그저 야인으로, 바로 무림인으로 보이는데, 장수가 연신 흑포사내의 눈치를 보고 있었다.

설무백이 듣기에 지난날 산해관은 진장과 예하의 병사들이 전멸하는 사태가 벌어졌으며, 그 상대는 마교의 무리로 판명되었다.

당시 설인보 장군은 즉시 연왕의 동의를 얻어서 예하의 믿을 만한 장수와 다수의 병력을 산해관으로 급파했고, 그 자신도 병력을 추려서 지원을 대비했다.

산해관은 관외의 외세를 차단하는 상징적인 의미를 가진 관문인 데다가, 북경과 가장 가까운 관문 중 하나인지라 절대 소홀하게 대처할 수 없었다.

산해관이 뚫리면 곧바로 북경인 것이다.

그러나 싸움은 더 이상 확대되지 않고 거기서 끝났다.

이유를 모르겠으나, 산해관을 생존자 하나 남기지 않고 잔인하게 짓밟은 마교의 무리가 그대로 물러갔기 때문이다.

설인보 장군은 그럼에도 불구하고 내내 측근 중에서 믿을 만한 장수와 병사들을 산해관에 주둔시켰다.

하지만 더 이상 마교의 무리는 산해관을 침습하지 않았고, 설인보 장군은 얼마 전 어쩔 수 없이 산해관의 장수와 병력을 교체했다.

당시에는 대외적으로 드러나지 않았으나, 어쩔 수 없는 전략적 교체였다.

바로 응천부로 진격하기 위한 진영을 차리기 위함이었던 것이다.

물론 그동안 내내 마교의 침습이 전혀 없었기에 못내 안심하는 마음도 있었을 테지만 말이다.

그러니 아마도 그 이후일 것이다.

산해관은 이미 저들, 마교의 무리에게 넘어가 있었다.

설무백은 문마루의 흑포사내가 마교의 졸개임을 첫눈에 알아볼 수 있었다.

'경계가 느슨하다 싶으니까 바로 소리 소문 없이 점거해 버렸군그래.'

북경상련을 공격한 광천문의 무리가 마치 하늘에서 떨어진 것처럼 불쑥 성내에 나타났던 이유가 바로 여기에 있었다.

그냥 넘어갈 수 없었다.

이런 상황들을 보다 빠르게 돌아보기 위해서 홀로 나선 길이 아니던가.

마교총단을 위시한 마교의 세력들이 전격적으로 중원을 침

천외천의
주인

공하지 않는 이유에 대해서는 여러 의견이 분분했으나, 그는 오래전부터 내심 하나로 단정하고 있었다.

누구도 먼저 나서서 표적이 되고 싶지 않은 것이다.

이건 그만큼 마교 내부의 알력이 심각하다는 뜻도 되었다.

그가 생각하는 표적은 중원무림의 표적만이 아니라 그들, 마교 무리의 표적도 포함되기 때문이다.

그런 면에서 보면 그간 드러난 천사교의 행보는 실로 대단하다 아니할 수 없었다.

제아무리 그 이면에 마교의 중원 침공에 그들을 선봉으로 지명한 전대 천마이자 마교대종사인 천마대제의 의지가 포함되어 있다고 해도 천사교가 중원무림을 통째로 뒤흔들고 있음에는 틀림이 없었다.

'그래서 더욱 나는 너희들을 마음 놓고 헤집을 수 있다는 소리지!'

알력을 넘어서 분열의 조짐까지 보이는 마교였다.

그들 중 누구도, 어떤 무리도 외부의 세력에 당하는 것을 내세울 수 없을 것이다.

지원을 받거나 동정을 얻기보다는 조소와 조롱, 더 나아가서 등 뒤를 노릴 칼을 조심해야 하기 때문이다.

설무백은 그런 생각으로 마음 편히 산해관의 문을 지키는 정용들에게 나섰고, 정용들이 관심을 보이며 쳐다보는 순간 지상을 박차고 날아서 문마루로 올라섰다.

"웨, 웬 놈이냐?"

문마루의 장수가 화들짝 놀라며 소리쳤다.

상대적으로 장수의 곁에 서 있다가 설무백을 바라보는 흑포사내의 눈빛은 하염없이 귀찮은 기색이 가득했다.

설무백은 눈을 빛냈다.

흑포사내의 눈빛이 전생의 기억을 떠올려 주었다.

지금 흑포사내는 자신 이외의 타인은 죄다 깔보는 눈빛이었다. 자신보다 하류라고, 더 나아가서 벌레처럼 생각하며 멸시와 혐오가 담긴 눈빛으로 바라보고 있는 것이다.

바로 저거였다.

저 눈빛이었다.

전생의 그때 당시 그가 만났던 암흑의 그림자들이 드러낸 눈빛은 한결같이 저랬었다.

그리고 마기가 있었다.

"반갑다!"

설무백은 절로 말하며 씩 웃었다.

장수가 당황하며 그와 흑포사내를 번갈아 보았다.

그의 시선이 흑포사내에게 고정되어 있음을 알아차린 것이다.

흑포사내가 삐딱하게 설무백을 보았다.

"나를 아나?"

설무백은 어깨를 으쓱이며 반문했다.

"알아야 되나?"

흑포사내가 웃었다. 비웃음이었다.

"이런 미친……!"

설무백은 그러거나 말거나 물었다.

"그보다 광천문이냐?"

흑포사내의 안색이 변했다.

그 어떤 대답보다도 정확한 대답이었다.

심상치 않은 기색으로 변한 흑포사내가 이제야 적잖게 경계하는 눈빛을 드러내며 물었다.

"누구냐, 너는?"

말이 끝나기도 전에 길게 뻗어진 설무백의 손바닥이 흑포사내의 가슴에 닿았다.

퍽-!

둔탁한 소리가 터졌다.

흑포사내가 칠공에서 피를 뿌리며 공중으로 날아가서 산해관의 현판을 박살 냈다.

고도의 내가중수법에 의한 즉사였다.

"……!"

옆에 서 있던 장수가 감히 말도 못하고 찢어지게 부릅뜬 눈으로 설무백을 바라보았다.

대신 아래 어디선가에서 경호성이 터졌다.

"적이다! 적이 침입했다!"

앞서 문을 지키던 정용이나 주변의 병사들이 내지른 경호성이 아니었다. 그 경호성과 함께 십여 명의 흑의사내들이 휙휙 날아서 문마루로 올라서고 있었다.

정용이나 병사들이 이 정도의 경신술을 발휘할 수는 없었다.

설무백은 곁에 서 있는 장수를 향해 손을 내저으며 말했다.

"내려가서 병사들을 수습하고 기다려라!"

장수가 눈이 커져서 물었다.

"동창이십니까?"

북평왕부의 연왕이 창설한 동창에 대내무반의 고수들이 집결했다는 소리를 어디서 들은 모양이었다.

"어서 그냥 시키는 대로 하지?"

"옙!"

장수가 부동자세를 취하며 대답하고는 서둘러 문마루를 내려갔다.

설무백을 완전히 동창의 고수로 믿는 눈치였다.

"동창……?"

문마루로 올라선 흑의사내들이 설무백을 주시하며 경계했다.

동창이라는 이름을 어디서 주워들은 것 같았는데, 그보다는 편액을 박살 내며 걸쳐 있는 흑포사내의 주검이 더욱 실질적인 경각심을 그들에게 안겨 주고 있었다.

설무백은 그런 것과 무관하게 그들에게서 풍기는 마기에 반응해서 움직였다.

순간적으로 그의 신형이 아지랑이처럼 혹은 허깨비처럼 그 자리에서 사라졌다. 그리고 다시 나타났다가 또다시 사라지기를 반복하며 사내들의 곁을 스치고 지나갔다.

그럴 때마다 둔탁한 타격음이 터졌는데, 그것이 하도 빠르게 이루어지다 보니 마치 누군가 눈앞에 매달아 둔 모래주머니를 두 손으로 연속해 두드리는 것 같은 소음이 이어졌다.

파바바바박-!

억눌린 신음이 그 뒤를 따라붙었다.

"억!"

"컥!"

"크으으……!"

꼬리를 물고 이어지는 비명 속에 피가 튀었다.

설무백을 주시하고 있던 십여 명의 흑의사내들이 졸지에 피를 뿌리며 허수아비처럼 뻣뻣하게 굳어져서 사방으로 튕겨 나갔다.

설무백의 모습은 내내 전혀 보이지 않다가 그들이 모두 다 날아간 다음에야 문마루에 홀연히 나타났다.

그가 아는 보법의 장점만을 결합해서 서너 장의 공간을 순간적으로 가로지르는 절대의 보법으로 탄생한 뇌영보가 그가 아는 경공의 장점과 융합해서 실로 귀신도 무색할 만큼 새로운 차원으로 도약한 이형환위의 경신법인 무상섬화의 절묘한 조화였다.

그렇듯 실로 눈 깜짝할 사이에 십여 명의 흑의사내를 처리한 설무백은 잠시 문마루의 주변을 살피고는 이내 다시 그 자리에서 사라졌다가 이번에는 문마루 아래에서 모습을 드러냈다.

앞서 그의 말을 듣고 허겁지겁 문마루를 내려가서 병사들을 집결시킨 그 장수의 면전이었다.

"헉!"

장수가 화들짝 놀라며 물러나다가 이내 설무백을 알아보고는 얼굴을 붉히며 부동자세를 취했다.

집결한 오십여 명의 병사들도 그렇게 부동자세로 서서 눈치를 보았다.

설무백은 고개를 갸웃했다.

병사들의 숫자가 생각과 달리 너무 적었다.

"이게 전 인원인가?"

장수가 바짝 긴장한 모습으로 대답했다.

"소관은 백호 이천동이라고 합니다. 본디 관문을 지키던 이전 장수와 교대한 우리 지휘관은 천호 마석(馬碩)이었고, 인원도 지금보다는 훨씬 많은 백오십 명 가량이었으나, 얼마 전 마 천호와 백여 명의 병사들이 놈들에게 당하는 바람에 그만…… 그래서 지금은 이 인원이 전부입니다! 그리고……!"

그는 말미에 허겁지겁 자신의 복장을 벗어 버리며 부연했다.

"이 장군복은 놈들이 제게 입힌 것을 뿐, 제가 원한 일은 아니었습니다! 죄송합니다!"

깊이 고개를 숙인 장수, 아니, 백호 이천동이 잠시 부동자세를 풀었다가 설무백이 바라보자 다시 금방 꼿꼿이 굳어져서 변명했다.

"살기 위해서는 아니, 버티기 위해서는 어쩔 수 없었습니다! 응천부로 가신 전하의 승전보가 들려올 때까지는 버텨야 한다고 생각했습니다! 그래서 수하들에게도 저들에게 반항하지 말고 고분고분 따르라는 명령을 내렸습니다! 이상입니다!"

설무백은 못내 이천동의 보고가 흥미로웠다.

얼핏 생각해 보면 살기 위해서 몸부림친 겁쟁이라는 생각이 들 수도 있지만, 변명이 아니라 실제로 나름 이후를 위해서 움직인 것 같다는 느낌이 짙게 들었다.

"왜 전하의 승전보가 들릴 때까지 버텨야 한다고 생각했나?"

설무백이 묻자, 이천동이 기다렸다는 듯 바로 대답했다.

"아무래도 그 이후가 되어야 누가 와도 올 것이라고 생각했습니다. 어떻게든 그때 오는 사람들에게 그간의 사정과 나름 얻어 놓은 정보를 전하고 싶었습니다! 그래야 복수건 뭐건 할 수 있을 테니까요! 그래서 일부러 그동안 성내로 전령도 보내지 않았습니다! 응천부 싸움을 위해서 전 병력이 빠져나간 거기 사정도 뻔할 테니까요!"

설무백은 이제야말로 확실히 이천동의 말이 거짓으로 느껴지지 않았다.

앞서 그가 문마루에서 처음 본 이천동의 모습도 지금 밝힌 것과 같은 느낌이 들었다.

'이런 사람들이 희망을 만든다!'

설무백은 이천동이 마음에 들었다.

이런 사람들이 모이면 아니, 그저 늘어나기만 해도 작금의 어지러운 세상을 얼마든지 바로잡을 수 있었다.

그는 이내 현실로 돌아와서 물었다.

"혹시 그동안 얻은 정보 중에 저들이 어디에 주둔하고 있는지도 있나?"

이천동이 기다렸다는 듯 손을 뻗어서 산해관 밖, 북동쪽의 밤하늘을 가리키며 대답했다.

"저 길로 가다 보면 산과 산 사이에 자리한 목초지가 나옵니다. 야복산(夜伏山)과 육정산(六丁山) 사이로, 일대에서는 제법 큰 도시인 건평(建平)의 초입에 자리한 평야지대인 제야림(除夜林)이라는 곳인데, 놈들은 이미 오래전부터 거기에 살림을 차렸습니다. 그 죽일 놈들이 건평을 자신들의 창고로 쓰고 있습니다!"

이천동이 말미에 부르르 떤 것은 애써 참고 또 참고 있던 분노가 실수로 표출된 것일 터였다.

"고맙다. 그리고 생각하고 있는 그대로 지금까지처럼 버티며 여기 산해관을 지켜라! 머지않아 네가 안심하고 산해관을 지킬 수 있는 든든한 지원군이 도착할 거다!"

그냥 하는 말이 아니었다.

북평으로 천도할 계획을 가진 연왕이라면 틀림없이 그럴 터였다.

연왕이라면 산해관의 위치가 전략적으로 얼마나 중요한지 익히 알 알고 있을 테니까.

"알겠습니다!"

설무백은 자신의 말 한마디에 희망에 차서 힘차게 대답하는 이천동의 이름을 뇌리에 새기며 돌아서서 곧장 그가 알려 준 야복산과 육정산 사이의 제야림으로 달려갔다.

이천동의 말마따나 거기 제야림에는 광천문이 주둔하고 있었다.

그래서 그날 밤, 광천문은 여태까지 한 번도 경험해 보지 못한 축제를 맞이했다.

붉은 피와 조각난 살점이 난무하는 살육의 축제가 바로 그것이었다.

그리고 그 사태는 홀로 그 사태를 일으킨 설무백의 의도와 무관하게 작금의 강호무림에 새로운 변화를 주도하게 되었다.

"몇 명이라고?"

"사망자만 일백마흔아홉 명이랍니다. 그중에 마성을 누를 수 있는 경지인 극마지체에 다가선 상승의 고수가 무려 서른다섯

이고 말입니다."

"그런데 적이 누군지, 몇 명인지도 모른다?"

"예. 다들 쉬쉬하는 모양입니다만, 어쩌면 한 놈에게 당한 것일 수도 있다는 얘기가 나돌고 있긴 합니다."

"그건 말이 안 되고!"

물감으로 그린 것처럼 붉은 눈썹을 가진 호리호리한 체구의 백발노인, 적미사왕은 실로 그건 말도 안 된다는 식으로 손을 내젓고는 이내 태사의 깊이 어깨를 묻으며 흥미로운 미소를 지었다.

"아무려나, 재미있군."

"그저 재미있는 일로만 보실 것은 아닙니다."

작은 체구에 허리가 비정상적으로 굽은 곱사등이, 즉 꼽추인 적마사왕의 장자방, 혈두타가 자못 심각해진 얼굴로 눈을 빛내며 부연했다.

"불과 한 시진도 못되는 사이에 마도오문의 하나인 광천가의 전력이 삼 할이나 사라진 일입니다. 감히 누가 그런 일을 할 수 있을 것인지, 저는 감히 상상도 할 수가 없습니다."

적미사왕이 불쑥 물었다.

"마교총단의 마왕들이나 오문의 가주들 혹은 구종의 주인들이라면 어떨까? 가능하지 않을까?"

혈두타가 잠시 심사숙고하는 표정이다가 가만히 고개를 끄덕이며 대답했다.

"어쩌면 가능은 할 겁니다. 하지만 요인들만 골라서 암살을 거듭하던 놈이 결국 들켜서 광천패도 부의기의 친위대인 이백 명의 광천사(狂天士)를 뚫고 도주할 때 드러낸 모습을 설명하려면 실로 여러 가지 가설이 필요할 것 같습니다."

"그냥 두들겨 맞으면서 맨몸으로 돌파했다지?"

"예. 제가 아는 한 그 정도의 외문기공을 익힌 고수는 작금의 천하에 한 명도 없습니다! 과거 천하제일의 외문기공을 자랑하던 금철문의 조사 대력패왕 청우가 살아 돌아온다면 또 모르겠지만요."

"천하삼기의 하나인 구철마신 척신명이라면 어떨까?"

적미사왕의 호기심 어린 질문을 들은 혈두타가 잠시 생각해 보는 듯 하다가 이내 고개를 저었다.

"석년의 척신명이라면 불가능합니다. 척신명이 철마진기를 대성해서 실로 그 자신의 별호처럼 구철마신의 경지를 이루었다면 가능할지 모르겠습니다. 하지만 그는 이미 강호무림을 떠났고, 죽은 것으로 압니다."

적미사왕이 피식 웃었다.

"결국 현존하는 자들 중에는 그런 신위를 보일 수 있는 자가 없다는 소린가?"

혈두타가 고개를 저으며 부정했다.

"아닙니다. 현존하는 고수들 중에서 그런 신위를 보일 수 있는 사람이 없진 않습니다. 방금 전에도 말씀드렸다시피 몇 가지

가설만 충족된다면 우리 마교 내에도 그럴 수 있는 인물이 적지 않으니까요."

적미사왕이 거두절미하고 물었다.

"말해 봐. 누가 어떤 가설 아래서 가능한 거야?"

혈두타가 대답했다.

"사실 몇 가지라고 말했습니다만, 그건 저마다 다른 무공을 익힌 까닭에 그런 것이고, 엄밀히 따지면 오직 하나의 가설만 충족되면 됩니다."

"그러니까, 그게 뭐냐고?"

"삼전오문구종의 주인들을 포함, 극마지경을 이룬 마교의 고수들이 저마다 지금 드러내고 있는 것과 달리 이미 대성을 이루었다면, 그렇다면 어제 거기 광천문에 나타난 자가 드러낸 신위를 능히 보일 수 있다는 것이 저의 소견입니다."

"……."

적미사왕은 침묵한 채 말없이 고개를 끄덕이고 있다가 이내 입가에 미소를 드리우며 말했다.

"만약 사실이 그렇다면 결국 가장 의심스러운 것은 마교총단이군그래. 아무래도 극마지경을 이룬 마인이 거기에 많으니 말이야."

"저도 그렇게 생각합니다만……."

혈두타가 인정을 하는 듯 하다가 말꼬리를 늘이며 부정적인 견해를 피력했다.

"그걸 노리고 수작을 부린 사람이 있을 수도 있지요. 마교총단을 의심해라. 뭐 이런 수작으로요."

적미사왕의 입가에 드리워진 미소가 한층 더 짙어졌다.

"사실이 그렇다면 우리 모두에게 더 할 바 없이 좋은 소식이 되는 거지. 그 하나를 화살받이로 삼으면 천마공자로 인한 금제가 완전히 파탄 나는 셈이 될 테니까. 오……!"

그는 문득 말미에 안색이 변해서 중얼거렸다.

"어쩌면 정말 누가 기다림에 지쳐서 그걸 바라고 저지른 짓일 수도 있겠는데 그래?"

혈두타가 놀라서 고개를 저으며 말했다.

"아닙니다. 사실이 그렇다면 정말 조심해야 합니다. 그 일을 벌인 자는 벌써 그 이후의 대책까지도 준비되어 있다는 뜻이 되니까요."

적미사왕이 픽 웃었다.

"혈두타 너는 너무 생각이 많아."

이내 안색을 바꾼 그는 자리를 털고 일어나서 태사의를 벗어나며 힘주어 말했다.

"아무려나, 이런 상황에서 그냥 가만히 앉아 있는 건 예의가 아니야. 지금쯤 여기저기 다들 뒤숭숭해서 정신이 없을 텐데, 마교총단은 그야말로 아주 옥신각신 난리도 아닐 거란 말이야. 이럴 때 뭐라도 하나 건지는 게 도리지. 일전에 하다 그만둔 일 계속하자 우리."

"일전에 그만 둔 일이라시면……?"

"마교총단의 눈치가 보여서 점창산을 불태우고 나서도 그냥 물러났잖아."

"하면?"

"걔들 완전히 정리해 버리고, 사천으로 들어가자!"

혈두타의 눈이 커져서 물었다.

"사천당문을 치시려는 겁니까?"

"치긴 뭘 쳐?"

적미사왕이 웃는 낯으로 잘라 말했다.

"그냥 접수하는 거지. 흐흐……!"

운남성에 웅크리고 있는 마왕인 사왕전의 주인, 적미사왕의 예상대로 천하 각지는, 정확히 말하면 마교의 대법으로 만들어진 마마진경(魔魔進鏡)이라는 거울 통해 광천문의 상황을 실시간으로 전해 들은 천하 각지의 마교 무리는 실로 경악과 불신, 충격으로 인해 어수선하기 짝이 없었다.

그리고 또한 적미사왕의 예상대로 가욕관 인근으로, 서주라 불리며 하서외랑의 중심부인 주천부(酒泉府)의 외곽에 주둔한 마교총단의 무리는 정말 난리도 아니었다.

그럴 수밖에 없었다.

마교총단의 주축인 마황궁의 내부에서는 광천문에서 벌어진 사태를 외세가 아니라 마교 내부의 짓으로 규정하는 요인들이 적지 않았기 때문이다.

특히 마교총단의 모든 요인들이 자진해서 집결한 이 자리, 바로 마교이공자인 극락서생 악초군의 거처인 대청은 저마다 열변을 토하는 요인들의 아우성이 뒤섞여서 그야말로 아수라장과 다름없었다.

"이건 분명한 내부의 소행이오!"

"맞소! 실로 이건 명명백백하게 내부의 소행이 분명하오! 그런 짓을 할 자가 중원무림에는 절대 없음이오!"

"그렇소! 지금 당장이라도 삼전오문구종의 주인들을 불러들여서 사태를 명확하게 밝혀야 하오!"

"옳소! 저들이 마교총단의 호출에 응하지 않을 경우 강력한 조치도 필요하오! 자체에 다시는 이런 일이 벌어지지 않도록 그에 상응하는 죄과를 물어야 하오!"

"아니오. 범인을 찾아서 죄과를 묻는 것도 묻는 거지만, 그에 앞서 이참에 천마공자의 전언으로 시작된 우리 마교의 금제를 없애는 것도 논의해 봐야 하오."

"본인도 같은 생각이오! 내부의 알력이 이 지경까지 온 것에는 천마공자로부터 시작된 금제가 주된 요인이오! 이참에 그 금제를 없애는 방안을 진지하게 검토할 필요가 있다고 생각하오!"

실로 마음에 드는 분위기였다.

적어도 마교총단의 단주, 홍인마수 혁련보는 내심 그렇게 생각하며 슬쩍 옆에 앉은 악초군을 바라보았다.

그런데 의외였다.

상석에 앉아서 탁자에 올린 손으로 턱을 괴고 있는 악초군은 시종일관 심드렁한 표정이었다.

틈틈이 하품까지 하는 것이 실로 지루해서 어쩔 줄 모르는 것 같았다.

혁련보는 못내 그런 악초군이 마음에 걸려서 은근슬쩍 주변의 눈치를 살피며 물었다.

"어째 영 관심이 없어 보이시오, 이공자?"

악초군이 입맛을 다시며 웃었다.

억지웃음이 분명함에도 어디서나 눈에 확 들어오는 그의 얼굴이 더욱 도드라지게 보였다.

그 상태로, 그가 되물었다.

"관심을 가져야 하나?"

혁련보가 그에게 고개를 기울이며 나직이 속삭였다.

"이번 사태만 제대로 이용하면 천마공자의 유지로 인한 금제를 완전히 거둘 수 있소이다. 내부에서 알게 모르게 구시렁거리는 애들의 입을 싹 봉할 수 있다는 뜻이오. 본인은 실로 기대가 되는데, 이공자는 아닌 거요?"

악초군이 이제야 알겠다는 듯 턱을 괸 채 고개를 끄덕였다.

"이제 보니 이게 혁련 단주가 깐 돗자리였군그래."

혁련보가 싱긋 웃는 것으로 인정하며 물었다.

"마음에 드실 줄 알았소만?"

악초군이 턱을 괸 채로 잠시 다른 생각을 하는 사람처럼 눈을 깜빡이다가 문득 눈빛이 가늘어졌다.

"설마 광천문의 사태도 단주가……?"

"무슨 그런……!"

혁련보가 바로 알아듣고 펄쩍 뛰다가 이내 주변을 의식하며 목소리를 낮추어서 부정했다.

"이 사람이 언제 이공자 모르게 움직이는 거 보셨소? 절대 아니오. 본인은 그저 그 일을 우리에게 가장 유리한 방향으로 이용하고 있는 것뿐이오."

"킥킥, 난 또 우리 고명하신 단주님께서 무슨 약이라도 잘못 먹어서 갑자기 대범해지신 건가 했지. 킥킥……!"

시종일관 심드렁하던 악초군이 듣는 사람의 입장에선 매우 기분 나쁠 수 있는 말을 아무렇지도 않게 건네고는 뭐가 그리 재미있는 건지 모르게 킥킥거리며 웃었다.

다만 혁련보는 대놓고 자신을 놀리는 악초군의 말에 전혀 화를 내지 않고 오히려 따라 웃으며 말했다.

"흐흐, 무슨 약을 잘못 먹는 한이 있더라도 본인은 그런 짓을 할 정도로 대담해질 수 없을 거요. 본디 약이 잘 안 받는 체질이라서 말이오. 흐흐……!"

악초군이 거짓말처럼 웃음기를 지웠다.

그에 따라 혁련보도 웃음기를 그쳤다.

혁련보는 악초군이 이런 사소한 것에 민감한 사람임을 익히 잘 알고 있었다.

악초군이 변덕을 부리며 새삼 히죽 웃는 낯으로 물었다.

"단주께서는 내가 고작 죽었는지 살았는지도 모를 대형의 말 때문에 이리 중원의 문턱에서 엎어져 있는 것으로 보이시나?"

"……?"

혁련보는 대답하지 않고 침묵했다.

속을 모르니 어떤 대답을 해도 악초군을 만족시킬 수 없을 것 같았다.

딱히 대답을 바라는 질문으로 느껴지지도 않았고 말이다.

과연 악초군이 대답을 기다리지 않고 재차 히죽 웃으며 말했다.

"난 그저 뒤를 조심하는 것뿐이야. 하물며 서두를 이유도 없고. 사실 중원은 아주 매운 곳이거든. 킥킥……!"

뒤를 조심한다는 얘기는 칠공자 벽안옥룡 야율적봉을 의식한 얘기일 터였다.

칠공자는 여전히 오지에서 웅크리고 있고, 소문에 의하면, 아니 거의 확실한 정보에 의하면 삼공자와 손을 잡았다고 하니, 그럴 필요성이 있기는 했다.

'게다가 구대마종의 하나인 혈교가 내내 조용히 숨죽이고 있는 것도 께름칙할 테고. 아니, 칠공자보다는 혈교일까?'

그러면 서두를 이유가 없다는 거야 그저 지금의 마음가짐이라고 치고, 중원이 매운 곳이라는 얘기는 대체 무슨 뜻일까?

단순히 중원의 무인들이 의외로 강하다는 의미일까?

'이럴 때 보면 정말 정상 아니, 정상보다 더 예리하고 치밀한 기재로 보인단 말이지……?'

혁련보는 그런 생각을 하며 악초군을 따라 웃었다.

이유도 모르고 따라 웃자니 바보가 된 기분이었으나, 참아야 했다.

악초군의 기분을 상하게 할 수는 없었다.

그런 의미에서 그는 넌지시 물었다.

"정 별로시면, 이제 그만 해산할까요?"

악초군이 여전히 턱을 괸 채로 고개를 저었다.

"아니, 조금 더 두고 보자고. 나름 재미있네."

"하면, 역시 이번 사태를 이용해서 천마공자의 유지로 인한 금제를……!"

"유지가 아니라 전언이나 전갈이라고 해야 하지 않나? 아직 죽었는지 살았는지 모르잖아?"

"살아 있다면 여태 안 나타날 사람이 아니오. 천마공자는 틀림없이 죽었소."

"뭐, 그렇다고 치고. 난 그걸 얘기하는 게 아냐."

"……."

혁련보가 맥 빠진 표정으로 악초군을 바라보았다.

잘 나가다가 갑자기 이건 또 무슨 샛길로 빠지는 희떠운 소리인가 싶은 반응이었다.

악초군이 그러거나 말거나 계속 말했다.

"찾아내는 재미가 있어."

"그게 무슨……?"

악초군이 대답 대신 저마다 열변을 토하느라 여념이 없는 장내의 인물들을 천천히 훑어보며 나직이 중얼거렸다.

혼잣말처럼 들리나, 당연하게도 혁련보에게 들으라는 소리였다.

"다들 이번 사태를 가지고 내부 변절자의 소행 운운하며 열을 내고 있어. 당연하게도 단주의 지시에 따른 것일 테지만, 이건 이제 더 이상 천마공자로 인한 금제를 지킬 필요가 없다는 주장을 펴는 사람들도 적지 않고. 그런데 말이야."

손으로 턱을 괴고 있는 채로 고개를 돌린 악초군이 예리한 시선으로 몇몇 사람을 훑으며 싱긋 웃었다.

"시종일관 입을 다문 채 아우성치는 사람들만 살펴보고 있는 자들이 있단 말이지."

혁련보가 예리하게 알아보며 대답했다.

"다들 지위고하는 다르지만 한 가지 공통점이 있는 자들이군요."

악초군이 물었다.

"뭐지 그 공통점이?"

혁련보가 대답했다.

"마교총단의 전 단주인 독수신옹의 측근이거나 그 아래서 놀던 자들입니다."

악초군이 빙그레 웃었다.

철부지 어린아이처럼 해맑은 웃음이었다.

그 상태로 그는 태연하게 말했다.

"그럼 다 죽여!"

"예?"

"어떻게 죽여야 하는지 보여 줘?"

"……?"

혁련보가 뭐라고 대답할 사이도 없었다.

갑자기 악초군이 벌떡 자리에서 일어나서 악초군이 마교총단에서 무언가를 결정하기 위해 논의가 벌어지면 요인들이 둘러앉은 품(品)자 형태의 탁자들을 훌쩍 뛰어넘어서 한 사람 앞에 내려섰다.

논의에 참가하는 요인들과 일정한 거리를 두고 뒤에 앉아 있는 사내들 중 하나, 마교총단에서 논의에 직접 나서서 말을 섞을 위치는 아니지만, 논의에 참가할 자격은 있는 소위 중간급의 마두였다.

장내가 일시지간에 조용해진 가운데, 악초군이 그 사내를 내려다보며 웃는 낯으로 물었다.

"너 아까 기분 나쁜 눈으로 나를 힐끗거렸지?"

"아, 아닙니다! 저는 그런 적이······!"

"아니긴 뭐가 아냐!"

악초군은 사내의 말을 듣지 않았다.

애초에 들을 생각도 없었을 것이다.

곧바로 사내의 말을 부정한 그는 다짜고짜 멱살을 잡고 사내의 입에 주먹을 꽂아 넣었다.

퍽!

"컥!"

둔탁한 소리와 억눌린 신음 속에 피가 튀었다.

부러진 이들이 핏속에 섞였다.

악초군의 주먹은 강력했다.

그래서 그 한 방으로 사내는 이미 반쯤 죽어서 혀를 빼물고 있었다.

그러나 악초군은 주먹을 멈추지 않았다.

퍽! 퍽! 퍽!

누구도 나서서 말리지 않고 쳐다만 보는 고요 속에 피 떡이 던 사내의 얼굴이 금세 곤죽으로 변했다.

사방으로 튀는 핏속에는 이미 허연 뇌수가 섞여 있었고, 이내 사내의 얼굴이 목에서 떨어져서 바닥으로 처박혔다.

악초군이 그제야 사내의 멱살을 놓고 물러나서 사내의 피로 시뻘겋게 변한 얼굴로 히죽 웃으며 혁련보를 향해 핏물이 뚝뚝 흘러내리는 손을 들어 보였다.

"……!"

혁련보는 애써 따라 웃었다.

지금 그가 할 수 있는 것은 그것밖에 없었다.

오월동주吳越同舟 (1)

마교에는 마마진경(魔魔璡鏡)이라는 거울이 있다.

옥돌에 마교의 몇몇 대법을 주입해서 만들어진 이 거울은 모종의 진기를 주입하면 제아무리 멀리 떨어진 장소와도 실시간으로 연락이 가능한 오묘 극치의 통신 수단이다.

가욕관에 주둔한 마교총단이 산해관 너머인 관외에서 벌어진 광천문의 상황을 곧바로 알 수 있었던 이유가 바로 거기에 있었다.

따라서 광천문의 상황은 중원은커녕 북경성내에도 아직 전혀 알려지지 않았고, 당연하게도 방양이 통째로 사들인 북경상련의 임시 거처인 기루, 예다원(禮多院)에 머무는 설무백의 일행 역시 전혀 모르고 있었다.

설무백이 하룻저녁 자리를 비운 것 때문에 공야무륵과 요미가 주변을 이 잡듯이 뒤졌고, 결국 찾지 못하자 설무백의 방에서 밤을 지새우다가 새벽에 돌아온 설무백과 마주쳐서 화를 내며 잔소리를 퍼부은 것이 다였다.

그 마저도 머리가 어지러워서 느긋하게 산책을 했을 뿐이라며 다시는 혼자서 산책을 나서지 않겠다는 설무백의 약속에 이내 조용히 잦아들었고 말이다.

다만 투박한 사내 축에 드는 공야무륵과 달리 요미의 눈치는 실로 예리하고 민감하기 짝이 없었다.

"근데, 옷을 갈아입었네?"

예다원으로 돌아오기 전에 밖에서 갈아입었다.

누군가는 기다리고 있을 것을 뻔히 알면서도 피가 묻은 것은 고사하고 금천문의 정예들이 무지막지하게 쏟아 내는 공격을 감당하느라 거지발싸개처럼 넝마가 되어 버린 옷을 그대로 입고 들어올 수는 없었다.

마침 꼭두새벽임에도 벌써 문을 연 저잣거리의 옷가게가 있어서 다행이었다.

"산책이라고 했지만 그냥 산책만 한 게 아니야. 그간 염두에 두고 있던 몇 가지 무공초식도 시험해 보느라 옷이 좀 상했다. 그래서 갈아입었지."

"집을 놔두고 밖에서 말이지?"

"산책을 나갈 때부터 그러려고 옷을 가지고 갔지. 방양이 얘기 안 해 줬어?"

"그런 말 없었어. 그보다 그 옷은 아무리 봐도 내가 본 적 없는 새 옷이잖아."

"방양이 준 옷이야. 내가 입을 만한 옷이 없다고 하니까 주더라."

"산책을 나가기 전부터 옷을 갈아입을 생각을 했단 말이지?"

"말했잖아, 애초에 그냥 산책만 하려던 것이 아니었다고."

"그게 무슨 무공인지는 몰라도 옷이 상할 것을 미리 알았다는 거네?"

"응, 좀 아니, 아주 많이 과격한 초식이 섞여 있거든."

"오빠 정도의 고수가 그럴 수 있다는 게 정말 신기하네. 대체 얼마나 과격한 초식이기에 내공을 쓰면 깃털을 가지고도 아름드리나무를 톱처럼 쓸어 버릴 수 있는 고수의 옷이 상할까나?"

"말했다시피 아주 많이 과격한 초식이야."

"뭐, 그럼 그건 그렇다 치고, 그런데 왜 이렇게 오빠의 냄새가 달라졌을까?"

"무슨 냄새가 달라져?"

"누가 지금 몸 냄새를 말해? 기풍(氣風)이 달라졌다고. 몸에 익힌 무공으로 인해 의도하지 않아도 자연스럽게 드러나는 기세 혹은 기백, 바로 후천지기(後天之氣)의 자연스러운 발로 말이야. 오빠에게서 풍기는 그 기풍이 아주 달라졌어. 어제와 오늘, 하룻밤 사이에 말이야. 왜지?"

요미의 두 눈이 가늘게 변해서 더 할 수 없는 빛을 뿌리며 설무백의 전신을 훑었다.

설무백은 이건 정말 내심 뜨끔했다.

사실 그 자신부터가 그것을 느끼고 있었기 때문이다.

지난밤에 광천문의 진영을 휩쓸면서 그가 흡령력으로 흡수한 진기는 이루 다 숫자를 헤아릴 수 없을 정도로 많은 마두의 것이었고, 제대로 정제되지 않은 그것이 지금 그의 체내에서 용암처럼 들끓고 있었다.

무리한 것도 아니고, 제어할 수 없는 것도 아니었다.

그저 워낙 한꺼번에 많은 진기를 흡수하는 바람에 그조차도 당황스러울 정도의 진기가 꿈틀거리고 있을 뿐이었다.

이렇게 많은 진기를 한꺼번에 흡수한 경우는 그가 흡령력을 익힌 이후에 이번이 처음인 것이다.

설무백은 절로 등줄기에 식은땀이 배일 정도로 난감했다.

자신의 몸을 훑고 있는 요미의 시선이 마치 한 마리 뱀이 스멀스멀 기어 다니는 것 같은 느낌이 들었다.

그는 어쩔 수 없이 벌컥 화를 냈다.

당연하게도 그가 전가의 보도처럼 쓰는 의도적인 대응이었다.

"너 자꾸 쓸데없는 트집 잡을래? 다시는 혼자 나가서 산책하는 일 없을 거라고 약속했잖아? 무슨 얘기를 더 듣고 싶어서 이래?"

방귀뀐 놈이 성낸다는 말이 괜히 있는 게 아니었다.

난감한 상황을 벗어나는 데 화를 내는 것보다 더 좋은 방법도 드문 것이다.

과연 이번에도 통했다.

요미가 아쉽지만 어쩔 수 없다는 눈빛으로 삐딱하게 설무백을 바라보며 한 걸음 물러섰다. 그리고 자못 도도한 눈빛으로 변해서 설무백을 바라보며 말했다.

"어째 화를 내는 것이 더 수상쩍긴 하지만, 이 정도에서 물러나 주도록 하지. 너무 집요한 여자는 남자에게 사랑받기 어려우니까. 대신 알지? 다음에 또 이러면 국물도 없는 거다?"

'이런 여우!'

설무백은 속으로야 그렇게 말하며 얄밉게 바라봤지만, 엄감생심 그것을 입 밖으로 낼 수는 없었다.

서둘러 인정하고 손을 내저으며 축객령을 내리는 것이 다였다.

"알았다. 알았으니까, 어서 그만 나가 봐라. 너희들도 그만 가서 쉬고, 나도 이제 좀 쉬자."

요미가 하품을 하며 밖으로 나가며 말했다.

"알았어. 벌써 날이 훤하게 밝았으니 잠은 좀 그렇고, 운기조식이나 하고 돌아올 테니까, 오빠는 그냥 쉬도록 해."

설무백은 다른 말을 하지 않았다.

그가 아는 요미의 성격상 이것도 감지덕지였다.

공야무륵은 말없이 수긍하고 내실에서 물러났으나, 요미처럼 돌아가지 않았다. 내실의 문밖에 주저앉아서 벽에 등을 기대며 참을 청하고 있었다.

　"안 가냐?"

　"삼영도 없는데 제가 어떻게 가서 편히 살 수 있겠습니까. 요미가 오면 교대하고 쉬겠습니다."

　모르긴 해도, 요미 역시 그래서 운기조식으로 잠을 대신하고 돌아온다고 한 것일 터였다.

　설무백은 어쩔 수 없이 포기하며 말했다.

　"나는 환자들 한 번 돌아보고 와서 쉴 생각인데, 넌 그냥 쉴래?"

　그냥 쉴 리가 없었다.

　그의 말이 끝나기도 전에 일어난 공야무륵이 말했다.

　"가시죠."

　설무백은 이미 예상하던 태도로 그저 가볍게 웃고는 발걸음을 옮겨서 냉연의 방을 찾아갔다.

　냉연은 어느새 내외상이 상당한 수준까지 치유된 상태로, 이제 겨우 동녘이 밝아 오는 새벽임에도 벌써 침상에 일어나 앉아서 몸단장을 하고 있었다.

　"누구에게 잘 보이려고? 여기 어디 눈여겨 봐둔 홀아비라도 있는 거야?"

　잡자기 방문을 두드리고 나타난 설무백의 농담에도 노련한 중년인 유모 냉연은 사내 같은 넉살로 대처했다.

"홀아비라니요? 이 몸이면 새파란 총각도 감지덕지예요. 어디 한번 제대로 확인해 보실래요?"

설무백은 진짜 침상에서 일어나려는 시늉을 하는 냉연에게 놀라서 급히 손사래를 쳤다.

"관둬, 관둬! 애써 꿰맨 배 터질라!"

냉연이 빙그레 웃으며 일어나기를 그만두고는 물었다.

"그보다 요미가 수십 번은 들락거리며 걱정하던데, 그새 어디를 다녀오신 거예요?"

"산책."

설무백의 준비한 대답을 들은 냉연이 웃었다.

"그렇게 믿어야 하는 거죠?"

"응."

"그럼 그래야죠. 대신……."

냉연이 자못 신중한 안색으로 변해서 재우쳐 말했다.

"도련님에게 한 가지 물어볼 게 있어요."

"어째 수상쩍은 표정인데?"

"수상쩍은 일에 대한 질문이라서 그래요."

설무백은 장난이 아님을 느끼며, 그리고 무슨 질문인지 직감하며 고개를 끄덕였다.

"말해 봐."

냉연이 말했다.

"저 어떻게 치료한 거죠? 대체 어떤 치료를 했기에 제 내공이 전보다 더 높아져 있는 거예요?"

설무백은 애초에 속일 생각이 없었기에 있는 그대로 솔직하게 대답해 주었다.

"지금의 내게는 다른 사람들의 정기와 진기를 흡수할 수 있는 능력이 있어. 어쩌다보니 운 좋게 얻어걸린 기연인데, 그 덕분에 진기 이전도 얼마든지 가능하지."

냉연이 예리하게 알아듣고는 말했다.

"결국 다른 사람에게 얻은 진기를, 아니, 빼앗았겠네요. 자신의 진기를 그냥 곱게 주는 사람은 없을 테니까요. 아무튼, 그런 진기를 제게 건네주었다는 거네요?"

"뺏을 만한 자들에게 뺏은 거니까, 신경 쓸 필요 전혀 없어."

"뭐, 신경 쓰진 않아요. 다만……."

잠시 말꼬리를 늘인 냉연이 적잖게 걱정에 싸인 눈빛으로 설무백을 바라보았다.

"세상 모든 것에는 한계라는 게 있잖아요. 하다못해 장강도 넘치는 법이니까요. 그게 걱정이 되네요."

설무백은 픽 웃으며 말했다.

"진기 이전이 가능하다고 했잖아. 그건 필요하다면 얼마든지 내게 쓸데없는 진기는 버릴 수도 있다는 소리야. 필요한 것만 흡수하고 필요 없는 것은 되돌려 놓지. 경우에 따라서는 그냥 쓸데없는 것만 따로 모아 두었다가 버리기도 하고."

냉연이 이제야 비로소 미소를 보였다.

"그렇다면 다행이네요."

그리고 문득 인상을 찌푸렸다.

"근데, 어째 그 얘기를 들으니 제가 쓰레기통이 되어 버린 기분이 드는 걸요?"

"뭐, 생각하기에 따라서는……."

설무백은 슬쩍 농담을 흘리며 웃다가 이내 안색을 바꾸며 진담을 농담처럼 덧붙여 말했다.

"그래서 하는 말인데, 내친김에 한 번만 더 해 주지 않을래, 그 역할?"

"쓰리기통 역할요?"

"응."

냉연이 예리하게 물었다.

"어제 빨아들인 거군요?"

설무백은 대답하지 않고 그저 웃었다.

이런 질문이 나올 줄 몰라서 어색해진 웃음이었다.

확실히 여자의 직감은 무서웠다.

냉연이 그런 그를 지그시 바라보다가 이내 한숨을 내쉬며 돌아서서 가부좌를 틀고 앉았다.

"어쩔 수 없죠. 한 번 했는데, 두 번은 못하겠어요. 알았으니, 어서 버리세요."

그녀도 지금 설무백이 자신을 치료하기 위해서 이런 다는 사실을 익히 잘 알고 순순히 받아들이는 것이다.

설무백은 굳이 말하지 않아도 그것을 익히 잘 알기에 그저 웃으며 앉아서 그녀의 명문에 손바닥을 댔다.

일말의 진기를 그녀의 기혈에 흘려보내는 것으로 그녀의 상태를 확인하는 약간의 염탐이 있었고, 그다음에 곧바로 진기 이전이 시작되었다.

설무백은 그렇게 냉연을 시작으로, 한당과 곽승, 나양, 수화를 차례대로 찾아가서 진기 이전을 시전했다.

다른 부작용은 없었다.

지난밤, 그가 애초부터 그들, 개개인이 가진 내공의 성향을 참작해서 흡수하고 나름의 수법으로 새롭게 정제까지 거친 진기들이었기 때문이다.

하오문의 흑비희와 일청도인이 예다원을 찾아온 것이 바로 그때, 설무백이 마지막 차례인 수화에게 진기를 전해 주고 거처로 돌아온 다음이었다.

우습지 않게도 지난 번 그가, 그리고 그의 일행인 검노 등이 의도치 않게 호북성과 안휘성의 성 경계에 내팽개치고 온 그들이 이제야 북평에 도착해서 그를 찾아온 것인데, 그사이 그들은 새로운 소식을 가지고 있었다.

"저희들도 북평으로 오는 도중에 받은 정보입니다. 우리가 있던 마성부에서 북서쪽으로 오백여 리가량 떨어진 곳에 홍안부(紅安府)라고 있습니다. 부지만 현급의 작은 도시인데, 거기 도심에서 큰 싸움이 벌어졌답니다. 저잣거리의 일각이 완전히 붕괴될 정도로 엄청난 싸움이었다고 하는데, 천사교도들과 강시들이 보였다는 것으로 봐서 아무래도……!"

"혈뇌사야?"

설무백이 더 듣지 않고 대번에 상황을 유추하며 말하자, 흑비희가 바로 수긍했다.

"예, 그런 것 같습니다!"

"설마 이 노인네가 또……?"

설무백은 어째 이유도 모르게 불안한 기분을 느끼며 절로 자리를 털고 일어났다.

"아무래도 가 봐야겠다!"

"봤느냐?"

흑도천상회로 돌아가는 길이었다.

천사교주와 작별을 고하고 천사교의 비밀총단을 나와서 도심을 벗어나던 사도진악이 불쑥 묻고 있었다.

흑룡이 추호도 망설임 없이 천연덕스럽게 되물었다.

"뭘요?"

"……."

사도진악이 잠시 물끄러미 흑룡을 바라보다가 이내 시선을 돌려서 상처 입은 몸으로 굳이 따라나선 흑표를 향해 말했다.

"네게 묻는 거다."

밑도 끝도 없는 막연한 질문이었으나, 흑표는 흑룡과 달리 추호도 망설임 없이 바로 대답할 수 있었다.

그 역시 대단히 놀란 사건이었기 때문이다.

"예, 봤습니다."

사도진악이 거듭 물었다.

"네가 보기엔 어떻더냐?"

흑표는 이번에는 바로 대답하지 않고 뜸을 들였다.

신중하게 답을 골라서 대답해야 했다.

적어도 사도진악의 기분을 상하는 일은 절대 없어야 하고, 그러면서도 거짓이 아니라 현실을 직시하는 대답이어야 했다.

이윽고, 그는 적당한 답을 골라서 대답했다.

"천사교주가 막판에 대동한 열한 구의 강시는 확실히 우리 애들하고는 달랐습니다. 우리가 끝내 실패한 역천사혼강시의 능력까지는 아니어도, 분명 전부 다 우리 애들보다 뛰어난 완성형의 사혼강시였습니다."

사도진악이 고개를 끄덕였다.

"나도 그렇게 보았다."

흑룡이 이제야 알은척을 하며 나섰다.

"아, 천사교주와 함께 혈뇌사야라는 늙은이를 합공하던 그 적강시(赤殭屍)들이요? 그것들 정말 쓸 만하더군요. 그런데 혈가

가주라는 혈뇌사야 그 늙은이가 더 대단하지 않았나요? 비록 끝내 꽁지를 말고 도주하긴 했지만, 천사교주와 그 적강시들의 합공을 꽤나 버텼잖아요. 안 그래요, 사부님?"

"흑룡아."

"예, 사부님."

"닥쳐라."

"예, 사부님."

사도진악은 한마디로 흑룡의 입을 막아 버리고 다시 흑표에게 시선을 주며 말했다.

"돌아가거든 다시 아이들을 모아야겠다."

"하면, 역천사혼강시를 다시……?"

"그래. 이대로는 안 되겠다. 오늘 확인한 저들의 능력을 보니 실로 절실하다. 우리가 만든 역천강시나 사혼강시가 비록 천사교주의 그것과 비교해서 조금 부족한 듯 보이긴 하나, 그 차이는 실로 미비하다. 그러니 기본적으로 우리가 얻은 강시 제조법이 완전히 틀리지는 않는다는 뜻이다. 어디 한번 다시 시도해 보자!"

흑표는 힘주어 고개를 끄덕이며 대답했다.

"알겠습니다. 흑도천상회의 내부에선 할 수 없는 일이니, 적당한 장소를 물색해 보도록 하겠습니다."

"서두르도록 해라."

사도진악이 거듭 당부하며 덧붙였다.

"역천사혼강시만 완성된다면 틀림없이 천사교주의 역천강
시와 사혼강시들을 압도할 것이다!"

"예, 알겠습니다, 사부님!"

흑표는 힘차게 대답했다.

혹시 몰라서 상처의 고통을 무릅쓰고 따라나선 그였는데, 과
연 소득이 있어서 그는 기뻤다.

사부, 사도진악에게는 아직 그를 버릴 생각이 없다는 확신
이 바로 오늘 그가 얻은 소득이었다.

"갔느냐?"

대청으로 들어서는 자면신군에게 던져진 천사교주의 질문
이었다.

심드렁한 것을 넘어서 불쾌한 감정을 표출하는 것처럼 느껴
지는 태도와 목소리였다.

돌아가는 사도진악을 배웅하고 돌아온 자면신군은 그것을
충분히 인지하면서도 대수롭지 않게 넘겼다.

요즘 들어 천사교주가 눈에 띄게 짜증이 늘고 매우 거칠어진
것은 사실이나, 그럴 수밖에 없는 사정이 있음을 알기 때문이
었다.

벌써 세 번째였다.

누구라도 같은 사람에게 세 번이나 공격을 당해서 다친다면 천사교주와 같을 것이다.

천사교주는 벌써 세 번이나 혈뇌사야의 공격을 받았고, 그때마다 매번 적잖은 상처를 입었으며, 또한 그로 인해 두 번이나 천사교의 총단을 옮겨야 했다.

어쩌면 울화통이 터져서 죽지 않은 것만도 다행일지 몰랐다.

'그나마 이번에는 실로 죽지 않으면 이상할 정도로 크게 낭패를 당해서 도주했으니, 설령 살아나더라도 쉽게 다시 오지는 못하겠지!'

자면신군은 내심 그렇게 천사교주의 입장을 인정하고 위로까지 더하며 대답했다.

"예, 갔습니다."

"자면, 네가 보기엔 어떠냐? 역시 무슨 꿍꿍이가 있는 것 같지?"

역시라는 말은 이미 자신의 생각은 그쪽으로 기울어져 있다는 의미를 가지고 있었다.

자면신군은 예리하게 그것을 의식하며 대답했다.

"그런 것 같습니다. 그리고 사실 그자는 어디서 어떻게 습득했는지는 몰라도, 대외적으로 쉬쉬하며 우리 천사교와 유사한 수법으로 강시를 만들 때부터 이미 우리가 믿을 수 있는 자는 아니었습니다."

"그런가?"

"그렇습니다. 본디 여우보다 더 약은 자입니다. 무엇보다도 우리 식구가 아니지요. 중원의 흑도가 아닙니까. 그자를 품으시려는 생각은 그만 두시는 게 좋을 것 같습니다."

"자면, 너의 판단이 틀릴 리는 없겠지. 알았다. 그리하마."

천사교주가 아쉬운 듯 입맛을 쩝쩝 다시면서도 고개를 끄덕이며 자면신군의 조언을 받아들이고 나서 말문을 돌렸다.

"그건 그렇고, 광천문에서 벌어진 사태는 어떻게 생각하느냐? 누구 짓인 거 같아?"

자면신군이 난감한 표정으로 깊이 고개를 숙였다.

"죄송합니다. 광천문의 사태는 실로 판단하기가 어렵습니다. 그럴 만한 능력을 가진 인물은 우리 마교밖에는 없는데, 아무리 생각해 봐도 딱히 누구를 특정해서 의심하기 실로 어렵습니다."

"어쨌거나, 그게 누구든 마교 이외의 인물은 범인으로 고려하지 않는다는 얘기군그래."

"그렇습니다. 상식적으로 마교 이외의 인물은 생각하기가 어렵지 않겠습니까."

"그렇긴 하지."

천사교주가 수긍할 수밖에 없다는 듯 고개를 끄덕이며 대답하고는 재우쳐 물었다.

"그보다, 이번 일로 해서 이제 광천문은 우리 천사교의 동행자가 될 수 있는 길에서 벗어났다. 실질적으로 어느 정도의 타격을 입었는가 하는 것은 둘째 치고, 그게 누구든 고작 일인에게 그렇게 휘둘리는 자들을 우리의 동행자로 여길 수는 없는 일이다."

자면신군이 눈을 빛내며 물었다.

"하시면, 역시 사왕전을 선택하시는 겁니까?"

천사교주가 고개를 끄덕이며 말했다.

"애초에 구종은 우리와 같은 배를 탈 수 있는 자들이 아니다. 서로 다른 이념의 종교가 하나로 합해지는 건 물과 기름이 섞이는 것보다 더 어려운 일이니까. 그래서 내린 본좌의 결론이다. 사전에 생각해 둔 광천문이 저리 틀어진 이상, 아무리 생각해도 사왕전밖에 없다."

자면신군은 조심스럽게 물었다.

"마도오문의 다른 가문은 거북하신 겁니까?"

"세상에서 오직 자면, 너만이 본좌 앞에서 그런 질문을 할 수 있을 것이다."

"죄송합니다."

"그래서 좋고, 다행이라는 소리다. 아무려나……."

천사교주가 정말 입이 쓰다는 표정으로 입맛을 다시며 말을 이어 나갔다.

"본좌의 실수를 진심으로 인정하는 바다. 혈뇌사야를 내치는 게 아니었어. 딴에는 놈의 사망혈사공이 본좌에게 가장 피해를 줄 수 있다고 판단했고, 본좌의 동반자가 되기에는 혈가의 인원이 너무 소수이며, 무엇보다도 그들의 가진 약점이 너무 치명적이라 강행한 일이었는데, 실로 섣부른 결정이었다. 이제 돌이켜 보니 놈과 놈의 혈가만으로 충분했다. 이는…….”

천사교주는 말미에 거듭 탄식했다.

“정말 뼈아픈 실책이 아닐 수 없다!”

자면신군은 진심으로 아쉬워하는 천사교주의 모습을 보자 내심 기분이 묘했다.

혈뇌사야와 혈가를 내쳐서는 안 된다고 끝까지 버틴 사람이 바로 그였기 때문이다.

그러나 이미 지나간 과거의 일이었다.

그는 미래를 보고 살지 과거를 돌아보며 사는 사람이 아니었다.

“이미 지난 일입니다. 그리고 사왕전은 모든 면에서 혈가 보다 나으면 나았지 결코 부족하지 않습니다, 교주님.”

자면신군의 말을 들은 천사교주가 어느 정도 희색을 되찾았다. 그리고 넌지시 걱정했다.

“다만 사왕전의 적미상왕이 지나치게 과격한 성격이라는 거다. 말보다 주먹이 앞서는 사람의 전형이지.”

자면신군은 웃는 낯으로 말을 받았다.

“과격한 사람만큼 귀가 얇은 사람도 드물지요. 적당히 어르고 조련하면 교주님의 큰 힘이 되리라 믿어 의심치 않습니다.”

“본좌의 생각도 그렇긴 한데…….”

천사교주가 우선 수긍하고는 뒤를 이어 난색을 표명했다.

"한 가지 문제가 있다."

자면신군은 웃었다.

그는 이미 천사교주가 생각하는 문제를 알고 있었다.

"그자의 두뇌인 혈두타 말이지요?"

천사교주가 기꺼운 표정으로 따라 웃었다.

"자면, 너도 알겠지만 매우 골치 아픈 자다. 사왕전에서 적미사왕의 생각을 바꿀 수 있는 유일한 자니까."

자면신군은 대수롭지 않다는 투로 고개를 끄덕이며 다른 얘기를 하듯 말했다.

"조만간 그자, 혈두타에게 거친 손님이 하나 찾아갈 것입니다. 물론 거칠긴 하나, 절대 흔적을 남기지 않는 은밀한 손님이니, 다른 걱정은 하지 않으셔도 됩니다."

천사교주가 웃는 낯으로 말을 받았다.

"그 손님이 누군지는 본좌도 알 것 같군."

자면신군이 머쓱해했다.

"그러시다면 그냥 조용히 보낼 수는 없겠네요."

그는 뒤를 돌아보며 말했다.

"인사드리고 출발하거라."

대청의 문이 열렸다. 그리고 거기 문밖에 사내 하나가 권태로운 모습으로 서 있었다.

유생처럼 허여멀건 얼굴에 작은 체구를 가진 청년으로 보이

나, 실제는 자면신군보다 한 살 적은 반노환동의 노괴인 마령
이었다.

그 마령이 안으로 들어오지도 않고 그 자리에 서서 천사교
주를 향해 공수하고 돌아섰다.

"다녀오겠습니다."

지극히 형식적으로 보이는 인사였다.

그러나 천사교주는 화를 내는 대신에 웃었다.

"마령이라면 믿을만 하지!"

자면신군은 적잖게 흡족해 하는 천사교주의 모습을 보며 더
없이 만족했다. 그리고 내심 자신에게 천사교주의 기분을 더욱
흡족하게 해 줄 수 있는 것이 하나 더 있다는 사실에 기뻐하며
말했다.

"그리고 기쁜 소식이 하나 있습니다, 교주님."

"기쁜 소식……?"

천사교주가 벌써부터 활짝 웃는 낯으로 자면신군을 바라보
고 있었다.

그 모습을 보고 고개를 끄덕인 자면신군은 다시금 뒤를 돌아
보며 말했다.

"데리고 들어와라."

기실 천사교주도 대청 문밖에서 풍기는 예사롭지 않은 기운
을 이미 느끼고 있었다.

그래서 기쁜 소식이 있다는 자면신군의 말을 듣고 바로 그런

반응을 보였던 것이다.

무언가 짐작하는 바가 있기 때문에 말이다.

그런데 과연 그의 예상이, 혹시나 하던 기대가 정확히 들어맞았다.

"오……!"

천사교주는 절로 눈이 커지며 탄성을 흘렸다.

자면신군의 부름에 따라 모습을 드러낸 네 사람이 대청 안으로 들어서고 있었다.

두 사람을 앞세우고 들어오는 두 사람이었다.

어떻게 보면 주인을 보좌하는 시비처럼 보이는 모습이었다.

시비처럼 뒤따르는 두 사람은 바로 백팔사도의 두 사람인 목령시마와 흑모원후였고, 주인처럼 앞서 들어온 두 사람은 바로 암살당한 것으로 알려진 북천권사 언소보와 광증에 걸려서 참회동에 머문다고 알려진 소림의 굉우대사였다.

"결국 성공했구나, 사령체를!"

초점을 잃은 채 어딘지 모르게 멍한 표정으로 서 있는 언소보와 굉우대사를 확인한 천사교주의 기쁨에 찬 외침이었다.

오월동주吳越同舟 (2)

홍안부에서 동쪽으로 백 리가량 떨어진 산기슭이었다.

이번에도 마치 우물처럼 거의 수직에 가까운 각도로 뚫린 동굴이었다.

실로 반신반의하며 고개를 내밀어서 동굴 속을 확인한 설무백은 의지와 무관하게 한숨을 내쉬었다.

동굴에 들어가면 당연히 그런 것인지, 핏덩이처럼 붉어진 육체로 동굴의 바닥에 대자로 누워 있던 혈뇌사야가 이번에는 차마 알은척을 하기도 남사스러웠는지 슬쩍 설무백의 시선을 외면하며 중얼거렸다.

"왜 또 너냐…… 젠장!"

이번의 혈뇌사야는 저번보다 더욱 심하게 다쳤다.

원래가 사망혈사공이라는 혈가의 비기로 말미암아 언제 어느 때든 핏덩이로 변해 땅이든 바위든 얼마든지 마음대로 스며들 수 있는 기괴한 육체라 외상의 경우는 늘 그게 그것으로 보여서 심각한 정도를 구별하기 어려우나, 내상의 경우는 달랐다.

기혈의 흐름과 단절은 그것이 제아무리 물과 같은 액체로 변할 수 있는 육체일지라도 정확히 판별할 수 있는 능력자가 바로 설무백이었다.

다만 분명 이전보다 더 큰 상처를 입은 혈뇌사야는 이전보다 더 빨리 깨어났고, 이전보다 더 완벽하게 치료되었으며, 이전보다 더 강한 활력을 얻었다.

이전과 달리 지금의 설무백에는 전날 광천문에서 빼앗은 마공의 진기가 넉넉하게 있었기 때문이다.

이유야 어쨌든, 혈뇌사야도 마왕이기 이전에 사람이었다.

치료를 하는 도중에 혼절했다가 깨어난 그는 같은 상황, 같은 방법으로 세 번이나 만나서 목숨을 구해 준 설무백에게 너무나도 무색해서 도무지 뭐라고 할 말이 없는지 전에 없이 엉뚱한 소리를 했다.

"술 마시러 갈까?"

고개를 들어 바라보지도 않고 딴청을 부리며 하는 말이었다.

그 모습을 보자, 하마터면 설무백은 본디 술을 별로 즐기지 않는 사람임에도 그러겠다고 할 뻔했다.

마왕을 상대로 이래도 되는 건가 싶을 정도의 감정이었다.

그 정도로 더 없이 겸연쩍어 하는 혈뇌사야의 태도가 안쓰럽게까지 보였다.

설무백은 애써 그런 감정을 누르며 짐짓 무뚝뚝하게 대답했다.

"술은 별로 즐기지 않아."

혈뇌사야가 더는 권하지 않고 입을 다문 채 딴청을 부렸다.

달리 할 말도 없지만 하고 싶은 말이 있어도 할 수 없는 자신의 상황을 정확히 인지하는 것 같은 태도였다.

설무백은 새삼 속으로 무슨 마왕이 이렇게 불쌍하게 구는 건지 모르겠다는 생각이 들었다.

애써 따라온 공야무륵도 이런 식의 서먹서먹한 분위기에는 약한 사내인지라 딴청을 부리는 가운데, 암중의 요미가 투덜거렸다.

"에구, 답답해라!"

"요런, 어린 계집애가 어디서……!"

혈뇌사야가 발끈했다.

다른 건 몰라도 화를 내는 기회는 절대 놓치지 않은 성격인 것 같았다.

"흠흠!"

설무백은 혈뇌사야 못지않게 화를 내는 기회를 놓치지 않는 요미의 성격을 익히 잘 알고 있기에 급히 헛기침으로 분위기를 쇄신하며 혈뇌사야를 향해 말했다.

"이봐, 노인네. 내가 궁금한 건 딱 하나 이거야. 대체 허구한 헛날 그 잘난 수하들은 다 어디에다가 팔아먹고 혼자서 이 모양 이 꼴로 당하는 거야?"

혈뇌사야가 잠시 침묵하다가 갑자기 벌떡 일어나서 밖으로 나섰다. 그 모습을 본 설무백은 그저 화가 나서 가려나 보다 하고 그냥 모르는 척 했다.

그냥 이렇게 헤어지는 것도 나쁘지 않았다.

그때 문 앞에 선 혈뇌사야가 돌아보며 말했다.

"뭐 해, 어서 따라오지 않고? 그 잘난 수하들은 다 어디다가 팔아먹었는지 궁금하다며?"

"아……!"

설무백은 그제야 혈뇌사야의 의도를 알아차리고는 따라나섰다.

혈뇌사야는 그런 그를 장장 천 리도 넘게 떨어진 호북성 남동부 끝자락으로 데려갔다.

호북성과 사천성 중경(重慶)의 성 경계를 아우르며 펼쳐진 대청산(大菁谷山)이 거기 있었다.

대청산은 서른두 개의 계곡을 품었을 정도로 방대한 면적을 자랑하는데, 깊디깊은 그 산속으로 들어선 혈뇌사야가 찾아간 장소는 그중 하나로 보이는 계곡의 내부에 자리한 동굴이었다.

무슨 사연인지는 모르겠으나, 워낙 수풀이 울창하게 우거졌고, 기본적으로 계곡의 폭이 좁아서 어지간한 산사람도 쉽게 찾기 어려워 보이는 그 계곡을 혈뇌사야는 중원에서 살지도 않은 주제에 휘적휘적 금방 찾아들어가서 동굴을 가리켰다.

"우리 애들이 있는 곳이다."

설무백이 대체 이게 무슨 소린가 싶어서 절로 미간을 찌푸리자, 혈뇌사야가 히죽 웃고는 동굴 속으로 들어가며 말했다.

"죽을 수도 있으니, 겁나면 들어오지 마라."

여태까지 혈뇌사야를 지켜본 결과 이건 꾸물거리지 말고 빨리 들어오라는 소리였다.

설무백은 서둘러 따라 들어갔다.

공야무륵이 뒤따르며 말했다.

"안에서 이상한 기운이 느껴집니다."

암중의 요미가 동조했다.

"꽤나 요상한 기운인 걸?"

설무백은 이미 그들보다 더 상세하게 느끼고 있었기 때문에 그냥 재촉하며 말해 주었다.

"마기야. 혈뇌사야하고 비슷한 기운인 것으로 봐서 혈가의 무…… 식구들인가 보다."

무리라고 하려다가 식구들로 바꾼 것이었다.

앞서 동굴로 들어갔던 혈뇌사야가 더 들어가지 않고 서서 그를 돌아보고 있었다.

밖에서 들어오는 빛이 흐려지며 어둠이 시작되는 자리였다.

"여기서부터는 어둠이 짙고, 두 갈래 혹은 세 갈래로 갈라지는 지형이니 떨어지지 말고 바싹 뒤에 붙어라."

"내 앞에서 동굴 얘기는 하지 않아도 되는데……."

"뭐라고?"

"아니, 알았으니 어서 빨리 앞장 서라고."

혈뇌사야가 앞으로 나아갔다.

뒤따르는 설무백 등을 생각해서 서두르지 않는 모습이었다.

동굴이 조금 험하기는 했다.

바닥도 굴곡이 심하고, 천장이며 벽이며 여기저기 돌출된 돌들도 많았다.

그러나 애초부터 혈뇌사야가 굳이 설무백을 배려할 필요는 없는 일이었다.

무저갱에서 잔뼈가 굵은 설무백에게 어지간한 동굴은 동굴이 아니라 앞마당과 같기 때문이다.

혈뇌사야도 이내 능숙하게 따라오는 설무백을 의식한 듯 조금 더 속도를 냈다.

물론 설무백으로서는 그 속도가 그 속도, 전혀 빠르게 느껴지지 않았으나, 굳이 그걸 탓하고 싶은 생각은 없었다.

그러던 차에 혈뇌사야가 마침내 궁금해진 듯 물었다.

"넌 대체 뭐 하는 놈이냐? 어둠이야 내공의 힘으로 문제가 안 될 테지만, 이런 지형은 제아무리 능숙한 신법을 익혔어도 쉽게 적응하기 어려운 법인데, 넌 전혀 힘들어하는 기색이 없구나."

설무백은 픽 웃으며 대꾸했다.

"괜히 알면 다치니까, 그냥 그러려니 하고 어서 빨리 가기나 하쇼."

"쳇!"

혈뇌사야가 혀를 차고는 속도를 냈다.

나름 어디 한번 따라올 테면 따라와 보라는 식의 행동으로 설무백을 놀리려는 수작일 테지만, 그게 설무백에게 통할 리 만무했다.

설무백은 바람처럼 능숙하게 그런 혈뇌사야의 뒤를 따라가며 오히려 낯설어 하는 공야무륵까지 챙기는 여유를 보였다.

요미는 걱정할 필요가 없었다.

비록 눈에 보이지는 않지만 그녀는 진작부터 그의 어깨에 올라타고 있었으니까.

이윽고, 혈뇌사야가 빠르게 달리기를 포기했다.

자기가 아무리 빨리 달려도 설무백을 떨쳐 낼 수는 없다고 생각한 것인데, 사실 더 달릴 수 있는 곳이 없기도 했다.

어느새 동굴의 끝이었다.

공동은 아니지만 공동처럼 제법 높고 넓은 공간이었다.

거기 사방에 흩어져서, 정확히는 벽의 갈라진 좁은 틈이나 벽과 바위 사이에서 혹은 그냥 벽과 바닥이 같이하는 구석을 파고들어서 쓰러져 있는 삼십여 명의 사람들이 있었다.

남녀노소를 막론한 사람들이었다.

하다못해 열 살 미만으로 보이는 어린 소녀도 보였다.

동굴 속은 그야말로 칠흑처럼 캄캄했지만, 고도로 발달한 눈을 가진 설무백은 대번에 그 모든 사람들을 확인할 수 있었다.

그리고 또 느낄 수 있었다.

죽은 듯 보이나 죽은 것은 아니었다.

다들 고르게 숨을 쉬고 있었다.

다들 깊이 잠들어 있는 것이다.

"이게 대체……?"

설무백은 놀랐다. 적잖게 당황스럽기도 했다.

이게 대체 무슨 상황인지 전혀 이해할 수가 없었기 때문이다.

화륵-!

칠흑 같은 어둠 한쪽에서 한줄기 불꽃이 타올랐다.

혈뇌사야가 밝힌 화섭자였다.

어두운 동굴 속이 잠깐 밝아졌다가 다시 침침하게 변하고 이내 조금 환해졌다.

혈뇌사야가 사전에 준비해온 작은 등잔을 밝힌 것이다.

작은 등잔이 만들어 내는 둥근 빛 무리 속에 들어간 혈뇌사야가 이내 등잔을 한쪽 바위에 올려놓으며 말했다.

"우리 혈가는 대종사의 친위대다. 하지만 반쪽짜리 친위대지. 밤만 책임지는 친위대니까. 웬 줄 아냐?"

설무백은 알 것 같았다.

지금 동굴의 상황을 보고 나니 못내 짐작 가는 바가 있었다.

그러나 대답하지 않고 기다렸다.

혈뇌사야는 대답을 요구하는 질문을 하는 것이 아니라 설명을 하고 있었다.

아니나 다를까, 혈뇌사야가 바로 설명을 이어나갔다.

"우리 혈가 일족은 낮에는 움직일 수 없기 때문이다. 정확히 말하면 약해지지. 아주 많이. 나처럼 혈가의 비전인 사망혈사공을 대성하지 않는 한 말이다. 심한 경우 햇볕에 타 죽는 경우도 있지."

혈뇌사야가 문득 입가에 자조 어린 미소를 드리우며 깊은 한숨을 내쉬었다.

"지금 애들이 잠들어 있는 것이 그 때문이다. 그리고 순전히 나 때문이지. 왜 전에 내가 천사교주 놈이 우리 혈가를 노렸고, 내가 사전에 애들을 빼돌려서 천사교주의 총단을 공격했다고 했지?"

"그랬지."

"그때 애들이 몇 날 며칠을 주야로 달려서 중원으로 왔거든. 무리를 해도 아주 많이 한 거지."

"낮에는 그냥 달리는 것조차 무리라는 건가?"

"그렇기도 하고, 사력을 다해서 달리느라 무리를 하기도 했고. 게다가 또 내 실수가 천사교주 놈에게 우리 혈가로 보낸 강시들 이외에도 남은 강시가 있다는 생각을 못했어. 아니, 하긴 했는데, 그리 많을 줄은 몰랐다. 그래서 애들이 그때 또 많이 다쳤다. 날 살리려고 낮에도 싸우느라 말이야."

설무백은 묵묵히 고개를 끄덕이며 새삼스러운 기분으로 주변을 둘러보다가 문득 의혹이 들어서 물었다.

"근데, 나머지 인원은 어디에 있지? 설마 다 죽고 이 인원만 남았다는 거 아니지?"

혈뇌사야가 희미하게 웃는 낯으로 대답했다.

"네가 잘 몰라서 그런 소리를 하는데, 우리 혈가의 일족은 전부 다 해 봤자 백두 명이 다였다. 원래는 이백 명에 가까웠지만, 계속 후손이 줄어 든 바람에 그리되었지. 그런데 이번 천사교와의 싸움에서 절반 이상이 사망했다. 이제 우리 혈가의 일족은 나를 포함해서 여기 있는 마흔네 명이 전부다."

설무백은 왠지 모르게 묘한 기분에 사로잡혀서 절로 미간을 찌푸리며 혈뇌사야를 바라보았다.

"그냥 말해 줄 수도 있었어. 내가 믿거나 말거나 노인장이 상관할 바 아니고. 그런데 왜 그러지 않고 나를 여기까지 데려와서 이들을 보여 준 거지?"

혈뇌사야가 질문한 답변은 않고 엉뚱한 얘기를 늘어놓았다.

"우리 혈가는 본디 대종사의 뒤를 이으실 마교의 후계자인 천마공자의 친위대로 편입될 예정이었지. 아니, 편입되었어. 천마공자께서 잠시 궁을 떠나시는 바람에 같이하지 못했을 뿐이지. 그러던 것이 대종사인 천마대제께서 폐관수련 도중 영면에 드시고, 천마공자께서 외유 도중 갑작스럽게 실종되시는 바람에 모든 것이 틀어지며 엉망이 되어 버렸다."

말을 하는 도중에 혈뇌사야의 시선이 설무백에게 고정되었다.

설무백은 설뇌사야의 시선을 마주하고 나서야 지금 혈뇌사야가 하는 말이 앞선 그의 질문에 대한 답변의 연장선상에 있는 얘기라는 것을 알 수 있었다.

그래서 그는 그냥 침묵했고, 혈뇌사야가 계속 말을 이어 나갔다.

"우리 혈가는 작금의 마교 내에서 적잖게 소외당하고 있다. 마교총단의 실세들에게는 거의 완벽하게 따돌림을 당하고 있지. 그리고 그 이유 중 하나는, 아니, 결정적인 이유는 바로 우리 혈가가 천마공자를 추종하기 때문이다."

그는 희미하게 웃으며 부연했다.

"사망과 실종. 그게 그들과 우리의 차이다. 나와 우리 혈가의 식구들은 다들 하나같이 여전히 천마공자님께서 돌아오시리라고 믿고 있으니까. 그분이 떠나실 때 우리 식구들을 보고 활짝 웃는 얼굴로 금방 돌아오겠다고 하시던 말을 아직도 믿고 있는 거지."

설무백은 있는 대로 미간을 찌푸리며 실로 어색한 미소를 입가에 그렸다.

그런 그의 어깨로 요미의 얼굴이 불쑥 튀어나오며 끌끌 혀를 찼다.

"이거 어째 불길하네?"

혈뇌사야가 그런 그의 불길한 예감을 증명하기로 작정한 사람처럼 갑자기 말투를 바꾸었다.

"그랬소. 그랬었소. 그러던 차에 가장 믿었던 천사교주에게 배신을 당했고, 실로 운명처럼 우연히 귀하를 만나게 되었소."

얼굴만 나왔던 요미가 두 손까지 드러내며 손사래를 쳤다.

"운명으로 보지 말지?"

혈뇌사야가 힐끗 요미를 노려보았으나, 이내 무시하고 평정을 되찾으며 계속 말했다.

"처음에는 무조건 부정했소. 믿을 수 없었소."

"잘한 일이야. 그게 맞아, 붉은 할아범."

"두 번째는 누가 나를 시험하는 걸지도 모른다고 생각하고 외면했소. 그게 아니라면 정말 우연이라고 생각했소."

"맞아. 우연이었어. 틀림없이."

"그런데 이번에 비로소 알게 되었소. 이건 틀림없는 운명이오. 천마공자께서 이 늙은이를 위해 하사한 운명!"

"아, 이 할아범 결국 이렇게 빠지네, 정말 답답하게. 아, 글쎄 다 우연일 뿐이라니까. 할아범과 우리 오빠는 아무런…… 읍!"

설무백은 요미의 입을 틀어막으며 혈뇌사야를 향해 물었다.

"그래서 내게 원하는 게 뭐라는 거야?"

혈뇌사야가 털썩 무릎을 꿇었다.

그리고 엎드려서 이마를 땅에 붙이고 손을 내밀었다.

이른바 상대의 절대의 권위를 인정하는 오체투지(五體投地)였다.

그 상태로, 그가 말했다.

"우리 혈가를 받아 주시오!"

사실을 말하자면 처음부터 어떤 교감이 있었다.

그게 무엇인지는 딱 꼬집어서 말할 수 없지만, 분명 적임을 알고 있는데도 적개심이 들지 않는 그런 감정이었다.

혈뇌사야는 그것을 동질의 탈을 쓰고도 죽고 죽이는 암투를 벌이는 마교 내부의 사정과 결국 믿어 의심치 않던 자의 배신으로 인한 환멸이 불러온 무력감이라고 생각하며 넘기려 했다.

설무백은 그것을 적이지만 배신의 아픔에 분노하고 절망하는 늙은 노인네에 대한 연민이라고 치부하며 잊으려 했다.

그런 것이 한 번을 넘어서 두 번, 그리도 다시 세 번까지 계속해서 얽히고설키다보니, 이젠 두 사람 다 처음에 느낀 감정으로 단정할 수가 없게 되어 버렸다.

그들, 두 사람 사이에는 어쩔 수 없이 천마공자라는 끈이 존재했기 때문이다.

결국 작금의 상황은 반신반의하던 그 끈의 실체를 혈뇌사야가 먼저 확신으로 바꾼 셈이었다.

그러나 설무백은 아직이었다.

적어도 아직은 자신이 느끼는 감정의 실체를 정리하지 못했다. 또한 그는 그와 같은 동질의 감정 없이 상대를 부리고 이용할 수 있는 사람이 아니었다.

그래서 그는 강경하게 말했다.

"나는 아직 당신 믿지 않아!"

혈뇌사야가 단호하게 대답했다.

"앞으로 믿게 되실 겁니다!"

설무백은 심드렁하게 다시 말했다.

"내 주변에는 꽤나 많은 동료들이 있고, 그들은 내게 적잖은 영향력을 행사하지. 내가 당신과 혈가를 받아들여도 그들은 당신과 혈가를 인정하지 않을 수도 있어."

혈뇌사야가 대수롭지 않다는 듯 대답했다.

"외면당하고 무시당하는 따돌림과 배척에는 이미 우리 식구들 모두 다 익숙해져 있습니다."

설무백은 전에 없이 힘주어 강변했다.

"무엇보다도 나는 마교의 적이야! 내 목적은 마교의 야욕을 무너트리고, 마교를 이 땅에서 내몰고, 마교를 다시는 부활하지 못하도록 분해하고 제거하는 거야!"

혈뇌사야가 고개를 들고 설무백을 바라보며 웃었다. 그리고 담담한 어조로 대답했다.

"우리 혈가는 여태껏 단 한 번도 마교를 따른 적이 없습니다. 우리는 오직 대종사를 따랐을 뿐이고, 천마공자를 따르려 했을 뿐입니다. 이 늙은이는 지금이라도 돌아가신 대종사나 실종되신 천마공자께서 돌아오시어 부른다면 무조건 달려갈 겁니다. 하지만 그게 아니라면 무엇이든 괜찮습니다. 마교는 이미 이 늙은이의 등에 칼을 꽂았으니까요."

"……."

설무백은 이제야말로 혈뇌사야의 마음이 조금 눈에 보이는 것 같았다.

그래서 그는 못내 있는 그대로 받아들이기로 마음을 정하며 혈뇌사야가 밝혀 놓은 등잔의 곁으로 가서 분명하게 시선을 마주했다.

주위가 어두울수록 불빛은 상대적으로 밝게 느껴진다.

다만 그 불빛 아래 가까이 들어가면 지나친 밝음이 어둠을 가려서 주변의 사물이 가려진다.

지금 그래서 설무백은 자신과 혈뇌사야만이 존재하는 것 같은 공간에서 혈뇌사야의 눈빛을 정확히 마주할 수 있었다.

몰랐는데, 참으로 깊고 유현(幽玄)한 눈빛이었다.

그리고 그 속에서 망설임 따위가 조금도 없는, 마땅히 해야 할 일을 하고 있다는 의지만이 가득한 눈동자를 발견할 수 있었다.

설무백은 어쩔 수 없이 픽 웃으며 말했다.

"일단 오월동주(吳越同舟)라고 하지."

혈뇌사야가 따라 웃으며 대답했다.

"이유야 뭐든 상관없지요. 그저 같이하는 것이 중요할 뿐이니까요.”

설무백은 왠지 모르게 자신이 빠져나오기 어려운 수렁에 발을 디딘 것 같은 기분이 들었다.

그때였다.

징—!

동굴의 한쪽 구성에서 이상한 울림이 있었다.

설무백이 고개를 갸웃하는 참인데, 혈뇌사야가 벌떡 일어나서 그쪽으로 가며 말했다.

“마마진경입니다.”

이상한 울림이 들려온 동굴의 구석에 솥단지만 한 사각의 나무 상자가 하나 있었다.

혈뇌사야가 그 상자 속에서 타조알보다는 크고 사람머리보다는 조금 작은 타원형의 청록색 구체를 꺼냈다.

이상한 울림은 그 구체에서 나는 것이었는데, 혈뇌사야가 그 구체를 등불을 밝혀 놓은 바위에 올려놓으며 그 이유를 말해 주었다.

“마교의 연락 수단입니다. 마교의 대법과 주술을 통해서 만들어진 이 마마진경만 있으면 천하의 그 어디에 있는 사람과도 연락을 할 수가 있지요.”

설무백은 절로 두 눈이 휘둥그레져서 말했다.

“여태까지 노인네가 내게 해 준 얘기 중에 가장 놀랍고 충격적인 얘기군. 근데, 왜 애가 징징 거리는 거야?”

혈뇌사야가 마마진경에 두 손을 가져다 대며 대답했다.

"이런 경우는 드물지요. 마교총단의 지시나 삼전오문구종의 주인들이 자신들의 결정이나 행동을 알릴 때나 일어나는 일입니다."

청록색의 타원형 돌에 두 손을 가져다 댄 혈뇌사야가 지그시 눈을 감았다.

마마진경에 진기를 주입하고 무언가 교감을 시도하는 것 같은 모습이었다.

아니나 다를까, 이내 두 눈썹을 지렁이처럼 꿈틀한 혈뇌사야가 번쩍 눈을 뜨며 실로 놀랄 만한 사실을 말했다.

"마교총단의 연락입니다. 사왕전의 주인인 적미사왕이 점창파를 공격한다는군요."

⚜

혈뇌사야가 마마진경이라는 요상한 돌과의 교감을 통해서 설무백에게 알려 준 마교총단의 연락은 어김없는 사실이었다.

점창파는 공격을 받는 중이었고, 그들은 마교의 삼전 중 하나인 사왕전의 무리였다.

첨창파의 장문인 점창신검 우송은 점창파의 영내가 한 눈에 내려다보이는 누각에 서서 불타는 전각들과 그사이사이에서 속절없이 밀리다가 죽음을 맞이하고 있는 점창파의 제자들을 살펴보며 긴 한숨을 내쉬고 또 내쉬었다.

벌써 세 번째였다.

점창파의 영내가 적의 공격으로 불타고 있었다.

기실 따지고 보면 연이어 두 번이나 본산을 무너트린 적이 그리 멀지 않은 지역에 주둔하고 있다는 사실을 익히 잘 알면서도 끝내 본산으로 돌아온 것은 실로 패착이요, 불합리한 결정이었다.

그러나 점창파는 그런 결정을 내릴 수밖에 없었다.

그렇게라도 자존심을 지켜야 했다.

그렇게라도 자존심을 지키지 못하면 운남의 패주로서, 구대문파의 하나라는 명예와 자존감은 영영 찾을 길이 없게 되어 버리는 것이다.

"하지만 과욕이었다! 그저 오기에 불과했다! 실력이 부족한데 명예와 자존감을 어찌 지킬 수 있단 말인가!"

우송은 연이은 한숨의 끝에서 그렇게 탄식했다.

불타는 영내의 전각들과 그사이에서 적을 맞이하여 끝내 버티다가 피흘리며 쓰러지는 제자들의 모습이 그의 가슴을 시리고 아프게 저미고 있었다.

그때 뒤에서 기다리던 나후산인 허인과 일대제자의 수좌인 급풍쾌검 여진소가 다급히 재촉했다.

"어서 가셔야 합니다! 이제 더는 지체할 시간이 없습니다, 장문인!"

우송은 그들의 재촉을 듣지 못한 사람처럼 영내의 저편, 편액이 걸린 대문 쪽에서 이쪽으로 느긋하게 걸어오고 있는 노인 하나를 가리키며 말했다.

"저치가 적의 수뇌인가보군."

"장문인!"

"당당하군! 오만불손하게도 점창의 영역에 들어와서 주인처럼 행세를 하고 있어!"

"장문인!"

우송이 그제야 고개를 돌려서 뒤쪽의 그들을 바라보며 희미하게 웃는 낯으로 말했다.

"서두르지 말게. 우리 점창파가 누리던 영광의 시대는 이미 끝났네. 이제 그게 아니라고 우기는 건 너무 추잡한 일이야."

"자, 장문인……!"

"그러니 이렇게 하세."

일순 날카롭게 변한 우송의 눈빛이 점창파의 팔대장로의 한 사람인 나후산인 허인에게 고정되었다.

"작금의 상황에서 점창파의 명예가 조금이라도 보존되려면 내가 여기서 물러나면 안 되네. 적을 맞이하여 싸워야하고, 능력이 부족하면 적의 칼날에 죽어야 하네. 그게 우리 점창파의 미래를 위해서 조금이나마, 그야말로 눈곱만큼이나마 우리 점창파의 명예를 보존하는 길이라고 나는 믿네."

그는 힘겹게 웃으며 말을 덧붙였다.

"그런데 겁나는군. 도와주겠나, 허 장로?"

나후상인 허인이 이제야 우송의 속내를 읽은 듯 기꺼이 웃는 낯으로 나섰다.

"여부가 있나요. 기꺼운 마음으로 곁을 지키겠습니다, 장문인!"

"자, 장문인……?"

허인이 우송의 곁으로 나서자, 금풍쾌검 여진소를 비롯해서 우송의 철수 명령을 기다리던 십여 명의 제자들이 당황으로 어쩔 줄 몰라했다.

우송이 그들 중에서 앞으로 나서 있는 여진소를 손짓해 불렀다.

"이리 오거라."

여진소가 급히 앞으로 나섰다.

우송은 자신이 들고 있던 검을 여진소에게 내밀며 말했다.

"점창파의 미래를 네게 맡기겠다. 다만 장문인이 아닌 점창파의 일개 검객으로 돌아가서 절실하게 네게 충고하는 바, 지금 이 순간부터 '검이 없으면 주인도 없다'는 점창의 금언은 잊어라! 적어도 점창의 뿌리가 대지에 깊이 박히고, 더 없이 푸른 새싹이 피어나기 전까지는 필히 그렇게 목숨을 보전해야 함을 명심해라!"

여진소는 감히 우송이 내미는 검을 거부하지 못하고 두 손으로 잡으며 깊이 고개를 숙였다.

"명심, 또 명심하겠습니다!"

우송이 돌아서며 명령했다.

"가라! 그리고 무림맹의 도움을 바라지 마라! 이미 혼탁해진 그곳에는 너를 도울 자가 없음을 유의하고 행동하거라!"

"예, 알겠습니다, 장문인!"

여진소가 떨리는 목소리로 대답하며 뒤로 물러났다.

우송은 그가 떠나는 것도 확인하지 않고 허인과 시선을 맞추었다.

허인이 웃었다.

그도 웃었다.

동시에 그와 허인의 신형이 누각에서 솟구쳐서 저편으로 날아갔다.

바로 점창파의 편액이 걸린 대문 쪽에서부터 산책하듯 느긋하게 뒷짐을 진 채 영내로 들어서는 노인, 적미사왕을 향해서였다.

여진소는 그제야 눈물을 머금고 돌아서서 누각을 벗어났다.

사실 내색을 삼갔을 뿐, 사왕전의 주인인 적미사왕은 벌써부터 저편 누각의 난간에 기대서 자신을 주시하는 우송을 느꼈고, 그가 점창파의 장문인이라는 사실도 익히 짐작하고 있었다.

그럼에도 불구하고 그는 전혀 서두르지 않았다.

서두를 이유가 전혀 없었다.

그의 지론이었다.

그는 어떤 상황에서도 도망치는 놈들은 전혀 신경 쓰지 않았다.

그런 놈들은 대계의 경우 그렇듯 계속해서 자기들의 자리를 내주며 물러나다가 서서히 소멸하는 것이 그가 아는, 아니, 그가 사는 세상이기 때문이다.

그런 면에서 볼 때, 여기 점창파는 실로 묘했다.

졸자들은 죽기 살기로 악착같이 덤비는데, 이렇다 할 지위를 가진 고수들은 좀처럼 나서지 않았고, 나선다고 해도 너무나 쉽게 승패를 인정하며 물러나거나 죽었다.

그게 중원무림의 전통이요, 자존심인지는 모르겠으나, 그의 눈에는 실로 우습기 짝이 없도록 가소로운 짓이었다.

그가 아는 싸움은 어떻게든, 그게 설령 비겁하고 비열한 짓이라도 이기기 위해서라면 가차 없이 사용하며 마지막 숨이 끊어지기 직전까지도 물고 늘어지며 버티는 것이지 고작 서너 수 겨뤄 보고 상대의 강함을 인정하며 물러나는 싸움이 절대 아닌 것이다.

그래서였다.

적미사왕은 점창파의 장문인인 우송이 도망친다고 해도 굳이 잡을 생각이 없었다.

지금 악착같이 달려드는 졸자들만 처리해 버리면 그만이었다.

적조차 인정해 줄 정도로 공명정대를 고집하는 그들의 입지는 세상 어디에도 더 이상 없을 것이며, 설령 있다고 해도 그리 오래 버티지는 못다는 것이 그의 고정관념이었다.

그리고 그것은 그가 중원무가의 전통이 얼마나 지독하게 고지식한지, 그래서 얼마나 무서운 집념인지 전혀 모르는 사람이기에 가능한 생각이었다.

그런데 그때였다.

두 사람이 누각을 벗어났다.

도주하는 거라고 봤으나, 그게 아니었다.

곧장 그에게 날아오고 있었다.

그가 장문인으로 생각한 점창신검 우송과 또 하나의 노인, 그는 모르지만 팔대장로의 한 사람인 나후산인 허인이었다.

적미사왕은 예상에서 벗어난 사태에 절로 고개를 갸웃했다.

"그마저 포기한 건가?"

그러나 아무래도 상관없었다.

적미사왕은 싱긋 웃으며 주변의 수하들에게 말했다.

"내가 상대할 테니, 나서지 마라!"

예의나 배려 따위가 아니었다.

그는 그저 오랜만에 손맛을 보고 싶을 뿐이었다.

그리고 그는 실제로 원하는 손맛을 봤다.

비록 시간이 너무 짧아서 아쉬웠으나, 그건 그로서도 불가항력적인 일이었다.

점창파의 장문인인 점창신검 우송과 팔대장로의 한 사람인 나후산인 허인이 불과 십여 초를 버티지 못하고 목이 베이고 가슴이 조각나서 죽어 버릴 줄은 실로 그가 예상하지 못한 일이었다.

황제가 바뀌었다는 사실이 알려지며 온 세상이 떠들썩해진 무렵, 점창산이 불타고, 점창파가 멸문했다는 소식은 빠르게 중원 전역으로 퍼져 나갔다.

그 바람에 강북상권을 휘어잡고 있다는 북경상련의 총단이 거대한 폭발로 폐허가 되어 버렸다는 사실은 실로 소리 없이 소멸되어 버렸다.

구대문파의 하나인 점창파의 멸문지화는, 그것이 비로 세 번에 걸쳐 이루어진 것일지라도 실로 큰 화제꺼리였다.

역대 이런 일이 없었기 때문이다.

하물며 점창파를 멸문시킨 것이 천사교가 아니라 사왕전이라는 마교의 또 다른 세력이라는 것이 드러나자, 사람들에게 더욱 크나큰 반향을 불러일으켰다.

사람들이 마교의 힘을 경외했다.

사람들 사이에서는 머지않아 마교의 세력이 천하를 찢어 가질 것이라는 소문이 팽배했다.

오직 시기가 문제일 뿐이라고 생각하는 사람도 적지 않았다.

사람들이 생각하는 마교의 힘은 벌써부터 알게 모르게 황제의 권위와 어깨를 나란히 하고 있었다.

그 와중에 세간의 시선이 일제히 무림맹으로, 다시 구대문파로 쏠리기 시작했다.

다들 하나같이 마교의 다음 표적이 구대문파의 하나라고 생각하는 까닭이었다.

무림맹이 부산해졌다.

들어오고 나가는 인원과 물자가 전에 없이 빠르게 또 많이 이루어지고 있었다.

구대문파의 동향도 예사롭지 않았다.

수련과 경계를 강화하는 것은 기본이고, 소리 없는 가운데 대대적으로 제자들을 영입했다.

그 와중에 무림맹의 역할이 강제되고, 강화되었는데, 아쉽게도 실질적인 변화는 없었다.

아니, 변화가 있기는 했다.

무림맹의 입장에선 좋지 않은 방향의 변화였다.

구대문파가 본산의 활동을 강화하는 바람에 자연히 무림맹의 힘과 영향력이 약화되었던 것이다.

물론 무림맹도 자체적으로 수련을 강화하고 인원을 확충하는 등, 나름 노력을 기울였다.

다만 그 구심점은 이제 더 이상 구대문파가 아니었다.

무림맹의 구심점은 벌써부터 무림세가로 넘어가 있었고, 그 중에서도 남궁세가가 주축을 이루고 있었다.

이상한 것은 흑도천상회의 동향이었다.

하늘과 땅이 흔들릴 정도로 강호무림이 들썩이고 있었으나, 흑도천상회는 별다른 움직임을 보이지 않고 있었다.

흑도천상회의 동향이 너무 조용하자, 혹자들 사이에서는 흑도천상회가 무림맹과의 연합을 혹은 더 나아가서 통합을 꿈꾸는 것은 아닌지 하는 의심도 떠돌았는데, 결론적으로 말해서 그건 아닌 것으로 판명되었다.

그쯤해서 그들이 쉬쉬하고 있던 사건이, 바로 쾌활림과 흑선궁의 총단이 외부 세력의 공격으로 붕괴되었다는 소문이 사실로 드러나면서 흑도천상회의 침묵은 그에 따른 타격을 수습하며 내부적인 결속을 다지기 위함이라는 말이 설득력을 얻었던 것이다.

그래서 결국 세간의 관심은 오직 하나로 귀결되었다.

과연 마교의 다른 세력들이 어느 시점에 중원으로 입성할 것인가 하는 것이 그것이었다.

그리고 그것은 마교의 선발대격이라는 천사교가 최근 황제가 바뀜으로 인해 입지가 좁아진데다가, 정체모를 세력의 공격을 받아서 총단이 무너졌다는 소문까지 더해지며 힘을 잃어 가고 있다는 평가를 받고 있어서 더욱 세간의 관심이 될 수밖에 없었다.

그러나 정작 마교는 죽은 듯이 잠잠했다.

구대문파의 하나인 점창파를 몰락시킨 사왕전이 곧바로 사천으로 입성, 사천의 군주인 사천당문과 일대격전을 벌이긴 했으나, 그것이 끝이었다.

그 이후, 마교의 그 어떤 세력도 중원 세력과의 충돌을 일으키지 않았던 것이다.

설무백이 그들을 만난 것은 그쯤이었다.

구대문파의 하나인 점창파를 괴멸시킨 사왕전이 사천으로 입성해서 사천당문과 격전을 치루고 물러난 직후로부터 보름이 지난 이후, 폭풍전야처럼 고요한 분위기가 중원 대륙을 잠식하고 있는 사이, 억지로 변방으로 떠났던 태양신마와 암중호위로 그들을 따라갔던 흑영, 백영이 돌아온 다음이었다.

설무백은 그때 섬서성의 모처에서 화톳불을 마주하고 앉은 혈뇌사야에게 마교의 세력들이 지금 당장 중원으로 입성할 수 없는 이유를 듣고 있었다.

그리고 그것이 그들의 오해를 불렀다.

"전에 말했다시피 마교총단은 대종사와 대종사의 부인인 마후(魔后), 그리고 대종사의 후계자와 직속의 친위대로 구성된 그야말로 마교의 본가인 거요. 그래서 달리 그냥 천마궁(天魔宮)이라 부르기도 하지요."

"노인네들은 이게 문제야. 아무튼, 들은 얘기는 그만하고, 그래서?"

"에, 그래서……? 제가 어디까지 얘기했죠?"

"……마교총단을 천마궁이라고 부르기도 한다는데 까지!"

"아, 예. 그런고로 삼전오문구종의 주인인 마왕들은 이유 여하를 막론하고 무조건 마교총단의 명령을 따라야 하는 것이 마교의 철칙인 율법입니다. 그런데 문제는 천마공자의 실종으로 말미암아 지금 마교총단에는 예하의 마왕들에게 명령을 내릴 권위가 없다는 겁니다. 생전의 대종사께서는 오직 천마공자만을 차대로 인정하셨으니까요."

"그건 즉, 마왕들이 고삐 풀린 망아지와 같다는 뜻인 건가?"

"그게 망아지라기에는 너무 무지막지하게 거칠고 사납긴 하지만, 뭐 그렇다고 볼 수도 있지요."

"아무튼, 그래서?"

"그래서 지금과 같은 상황이 벌어진 겁니다. 천사교는 본디 대종사께서 정하신 선봉대라 진즉에 중원에서 활동을 시작했지요. 하지만 다른 세력들은, 하다못해 마교총단마저도 선뜻 중원으로 들어서지 못하고 예하의 다른 세력과 마왕들의 눈치를 보고 있지요. 그들에게는 구대문파니 뭐니 하는 중원의 세력은 안

중에도 없습니다. 그들이 걱정하는 건 오직 그들의 동료들뿐이죠. 저만 해도……!"

"잠시만……!"

설무백은 슬쩍 혈뇌사야의 말을 끊고는 그들의 화톳불이 닿지 않는 저편 어둠속을 바라보았다.

처음에는 그냥 무시했었다.

그들이 노숙을 준비한 이곳이 비록 산속이긴 해도 엄연히 서쪽으로는 감숙성으로 이어지고, 동쪽으로는 산서성으로 이어지고 있는 이상 누구든 지나가는 사람이 있을 수도 있다고 생각했기 때문이다.

그러나 아무렇지도 않게 다가오던 사람들이 갑자기 어둠 속에서 멈추어 서고, 또 잠시 머뭇거리다가 이내 슬며시 뒤로 물러나면 누구라도 관심을 가질 수밖에 없을 터였다.

하물며 그 사람들이 오직 그에게만 기척을 노출하고 있기에, 즉 혈뇌사야는 말할 것도 없고, 지금 그의 주변에 있는 검노와 태양신마 등 절대의 고수들이 전혀 그들의 기척을 감지하지 못하고 있기에 더욱 그랬다.

다시 말해서 그를 노린 것은 아닌 것이 분명한데, 누군지는 몰라도 상당한 고수들이라 관심이 가지 않을 수 없는 것이다.

"그냥 가던 길 갔으면 좋았을 것을? 그러면 우연이라도 의심스러워서 그냥 보낼 수가 없어서 말이야."

다가오다가 멈추고 이내 물러다가 정지한 그들은 꼼짝도 하지 않은 채 어둠속에 웅크리고 있었다.

자신들의 기척을 간파한 설무백에게 놀라서 그런 것 같기도 하고, 자신들이 아니라 다른 누가 있는 건 아닌지 의심스러워서 그대로 있는 것 같기도 했다.

"그러지 말고 그냥 이리 오는 게 어때? 적이 아니면 가볍게 통성명이나 하고 헤어질 수도 있는데?"

어둠속의 그들은 여전히 꼼짝도 하지 않고 있었다.

대신 설무백의 말을 듣고 반신반의하던 혈뇌사야가 이제야 확실히 상황을 인정하는 듯 쌍심지를 곤두세우며 일어났다.

"감히 여기가 어느 안전이라고 쥐새끼가……!"

혈뇌사야는 화를 내면서도 선뜻 나서지는 않고 있었다.

그는 아직도 여전히 저편 어둠속에 웅크리고 있는 기척을 감지하지 못하고 있는 것이다.

그때 어둠속에 웅크리고 있던 자들이 실수를 했다.

그냥 가만히 있었으면 설무백을 제외한 다른 사람들은 몰랐을 텐데, 초조했는지 성급하게 서두르며 물러났다.

사삭—!

미세한 소음이 났다.

풀잎을 스치는 소리 같기도 했고, 옷깃이 바람에 흔들리는 소리 같기도 한 아주 작은 소음이었으나, 지금 설무백의 곁에 있는 사람들 중에서 그것을 느끼지 못할 사람은 아무도 없었다.

혈뇌사야의 고개가 반사적으로 돌아갔다.

하지만 먼저 움직인 것은 그들의 곁에 있는 또 하나의 화톳불에 둘러앉아 있던 검노와 태양신마였다.

쏴아아아아ㅡ!

검노가 낮게 자란 수풀 위로 섬전처럼 미끄러져 갔다.

극상의 초상비였다.

태양신마가 그 순간에 허공으로 떠올라서 두 손을 좌우로 펼쳤다.

화륵ㅡ!

태양신마가 펼친 손바닥에서 일어난 둥근 불덩이가 사위를 대낮처럼 환하게 밝혔다.

그 순간, 어둠속에 물러나고 있던 자들이 후다닥 뒤로 튀었다.

검노가 나서고, 때아니게 사방이 대낮처럼 밝아지자 더는 은밀하게 움직일 수 없다고 판단한 듯 빠르게 물러나고 있었다.

"놈!"

검노가 순식간에 그들을 따라붙으며 검을 뻗어 냈다.

설무백은 다급히 소리쳤다.

"죽이진 마!"

도주하는 상대에게서는 그 어떤 마기도 느껴지지 않았다.

적어도 지금은 그들을 죽일 이유가 없었다.

"쳇!"

검노가 본능적으로 뻗어내던 검극을 당겼다.

그대로 뻗어 내면 상대가 다칠 수도 있다고 판단한 것이다.

그러나 그건 오판이었다.

그가 검극을 당기는 순간에 앞에서 도주하던 그림자가 두 개로 갈라지며 좌우로 흩어졌다.

그가 그대로 공격했어도 그들에게는 전혀 닿지 않았을 정도로 빠른 분산이었다.

검노의 눈빛이 싸늘해졌다.

그때 밤하늘에서 태양신마의 외침이 들렸다.

"내가 우측!"

검노는 즉시 반응해서 좌측으로 쏘아졌다.

그 순간, 사위가 더욱 밝아졌다.

태양신마가 우측으로 도주하는 그림자를 향해 수중의 화염구를 연속해서 내던진 결과였다.

쾅! 화르르륵—!

폭음이 터지며 대지가 불타올랐다.

시뻘건 화염이 사방으로 번지는 가운데, 도주하던 그림자가 순간적으로 돌개바람처럼 맹렬하게 회전했다.

콰콰콰콰콰—!

엄청난 파공음이 터지며 맹렬하게 돌아가는 그림자의 온몸에서 사나운 경기가 쏟아져 나왔다.

사방으로 비산하는 것처럼 보이지만 일제히 허공에 떠 있는 태양신마를 노리는 경기였다.

"폭선강(爆回罡)! 그건 포달랍궁의 무공이잖아?"

태양신마가 급박해 보이는 순간에도 아무렇지도 않게 중얼거리고는 이내 쾌속하게 하강하며 그림자를 덮쳤다.

하강하는 와중에 이리저리 몸을 비틀어 그림자가 쏘아 낸 경기를 피하는 그의 모습은 커다란 덩치와 어울리지 않게 그야말로 물살을 거스르는 한 마리 물고기처럼 유연하기 짝이 없었다.

"헉!"

맹렬하게 돌아가던 그림자가 헛바람을 삼켰다.

태양신마가 이처럼 간단하게 자신의 공격을 피해 낼지 몰랐던지 크게 당황한 것 같았다.

순간적으로 멈추며 모습을 드러냈다.

"어라? 정말 중이잖아?"

그림자를 덮쳐 가던 태양신마가 적잖게 당황하며 순간적으로 방향을 틀어서 옆으로 내려앉았다.

모습을 드러낸 그림자의 정체가 정말 중, 바로 스님이었다.

방립을 쓰고 있었으나, 하늘에서 떨어져 내리는 태양신마를 올려다보느라 방립이 뒤로 넘어가며 파르라니 깎은 머리가 드러났던 것이다.

사십대 후반 혹은 오십대 정도일까?

태양신마가 갑작스럽게 공격을 멈추자, 반격을 하려던 그 중년승이 어리둥절해하며 멈추고 있었다.

상대가 공격하지 않으면 자기도 공격할 이유가 없다는 뜻으로 보이는 행동이었다.

그때 또 다른 그림자의 뒤를 따라잡은 검노도 그들, 태양신마와 중년승과 같은 상황으로 변해서 대치했다.

검노가 따라잡은 그림자의 정체도 중이었기 때문이다.

그 순간, 혈뇌사야가 그들을 알아보며 놀랐다.

"아니, 너희들은 아수라(阿修羅)와 마후라가(摩睺羅迦)가 아니냐?"

아수라와 마후라가는 불국(佛國) 세계를 지키는 여덟 명의 선신(善神)인 팔부신장(八部神將)의 둘을 이르는 말이다.

소위 천룡팔부(天龍八部)라고 부르는 그들 중, 아수라는 악귀들과 싸우기 좋아하는 역신이며, 마후라가는 몸은 사람과 같고 머리는 뱀이라고 하며 용의 무리에 속하는 악신이며 묘신(廟神)이다.

결국 그것은 그들이이 어딘가의 호법승이라는 의미가 되는 것인데, 갑작스럽게 멈춘 검노와 태양신마의 태도에 당황하고 있던 그들, 두 승려도 바로 혈뇌사야를 알아보았다.

"혈가의 주인께서 여기 계신 줄은 몰랐군요. 과연 이제야 이해가 갑니다. 이런 곳에 누가 있어 소승들의 기척을 감지한 건가 했더니만, 바로 혈가의 주인이셨군요."

사뭇 정중하게 말은 하고 있지만 못내 경계의 기운이 가득한 눈빛과 태도였다.

혈뇌사야가 그걸 느끼지 못할 리 만무한데도 모르는 척 외면하고 고개를 저으며 말을 받았다.

"아니, 그건 아닐 게야. 나도 알려 주지 않았으면 몰랐어. 하긴, 그게 맞지. 황교의 호법승들인 너희들의 기척을 내가 감지하는 건 그리 쉬운 일이 아니니까."

중년의 두 승려, 아수라와 마후라가가 왠지 모르게 미심쩍은 눈빛으로 혈뇌사야를 바라보았다.

그도 그럴 것이, 평소 그들은 마교의 여타 마왕들보다는 혈가의 가주에게 조금 더 호감을 가지고 있긴 했으나, 아무리 그래도 지금처럼 유한 모습의 혈뇌사야를 보는 것은 실로 처음이었던 것이다.

게다가 천하의 혈뇌사야보다도 더 민감한 감각을 가진 사람이 대체 누구란 말인가.

그때 그 주인공인 설무백이 그들의 곁으로 갔다.

"이제 보니, 꽤나 사연이 있는 사람들을 우연찮게 만난 것 같은 걸?"

혈뇌사야가 웃는 낯으로 두 승려, 아수라와 마후라가를 소개했다.

"아수라와 마후라가라고 합니다. 예로부터 서장의 황교에는 팔부신장의 이름을 가지는 호법승들이 존재하는데, 이들이 그들 중 둘이지요. 아수라는 포달랍궁의 십이천승의 수좌이고, 마후라가는 대뢰음사의 백팔호법승의 수좌입니다. 유이무일하게 이공자의 손아귀에서 빠져나간 두 사람이지요."

아수라와 마후라가가 적잖게 놀란 눈빛으로 혈뇌사야와 설무백을 번갈아 보았다.

그들은 혈뇌사야가 과거 대종사와 천마공자 이외의 다른 누군가에게 이렇듯 극존칭을 쓰는 것을 그간 본 적도 들은 적도 없었던 것이다.

그런 그들에게 혈뇌사야가 다시 말했다.

"인사하거라. 이쪽은 내가 몸을 의탁하고 있는 설무백, 설 공자이시다."

아수라와 마후라가가 서로서로 눈빛을 교환하다가 가만히 고개를 끄덕이며 합장했다.

"처음 뵙겠습니다. 아수라입니다."

"처음 뵙겠습니다. 마후라가입니다."

"반갑습니다. 설무백입니다."

설무백은 웃는 낯으로 인사를 나누고는 이내 그들의 복잡미묘한 표정과 눈빛을 확인하며 말을 덧붙였다.

"어쩌면 우리 인연이 정말 깊은 것일지도 모르겠습니다. 해서, 묻는 건데, 혹시 마교의 마수를 벗어난 분들이 굳이 중원으로 들어온 이유가 무엇인지 제가 알아도 될까요?"

아수라와 마후라가가 어리둥절해하는 기색으로 시선을 교환했다.

천하의 혈뇌사야가 극존칭을 쓰는 설무백인지라 감히 다른 얘기는 못하고 눈치를 보는 것인데, 이내 아수라가 작심한 표정으로 나서며 말했다.

"우리는 소림사로 가고 있습니다."

"소림사의 도움을 청하려는 건가요?"

"소림사의 도움만으로 마교의 무리를 척결할 수는 없다는 것을 이미 압니다. 다만 저희들은 같이 싸우기 위해 소림사에 의탁을 하려는 것이고, 그에 앞서 그분들의 도움을 받아서 어떤한 분을 찾으려 하고 있습니다."

설무백은 내심 서장에서 왔다는 이 두 승려를 보고 왠지 모르게 실로 그냥 스치는 인연은 아닐 거라는 기분이 든 것이 바로 이거구나 하며 물었다.

"찾으시는 분이 누굽니까?"

아수라가 난감한 표정을 지었다.

더는 말하기가 곤란한 모양이었다.

설무백은 먼저 말했다.

"혹시 찾으시는 그분이 마하란이라는 분이 아닌가요?"

"아니, 어떻게 그걸……?"

아수라가 화들짝 놀랐다.

옆에 있던 마후라가의 두 눈도 커질 때로 커져 있었다.

설무백은 더 묻지 않고 대수롭지 않게 웃으며 말했다.

"잘됐군요. 마침 제가 아는 분입니다. 가시죠. 제가 그분에게 안내해 드리도록 하지요."

마하란은 바로 금륜대법왕과 더불어 서장 무림의 양대 산맥으로 손꼽히는 대뢰음사의 주지, 뇌정마불 아란타의 대제자였다가 모종의 사태로 파계한 라마승이었다.

지금은 중원에서 흑점의 삼태상 중 하나로 살고 있는 유령 노조가 바로 그였다.

다음 권으로 이어집니다

ROK
MEDIA
로크미디어

One for all
원포올

일라잇 스포츠 장편소설

작렬하는 슛, 대지를 가르는 패스
한계를 모르는 도전이 시작된다!

축구 선수의 꿈을 품은 이강연
냉혹한 현실에 부딪혀 방황하던 중
운명과도 같은 소리가 귓가에 들어오는데……

당신의 재능을 발굴하겠습니다!
세계로 뻗어 나갈 최고의 축구 선수를 키우는
'One For All' 프로젝트에, 지금 바로 참가하세요!

단 한 번의 기회를 잡기 위해
피지컬 만렙, 넘치는 재능을 가진 경쟁자들과
최고의 자리를 두고 한판 승부를 벌인다!

실력만이 모든 것을 증명하는
거친 그라운드에서 당당히 살아남아라!

기갑천마

거짓이슬 퓨전 판타지 장편소설

종말을 막지 못한 절대자 복수의 기회를 얻다!

무림을 침략한 마수와의 운명을 건 쟁투
그 마지막 싸움에서 눈감은 무림의 천하제일인, 천휘
종말을 앞둔 중원이 아닌 새로운 세상에서 눈을 뜨는데……

"천휘든 단테든, 본좌는 본좌이니라."

이제는 백월신교의 마지막 교주가 아닌 평민 훈련병, 단테
그럼에도 오로지 마수의 숨통을 끊기 위해
절대자의 일 보를 다시금 내딛다!

에이스 기갑 파일럿 단테
마도 공학의 결정체, 나이트 프레임에 올라
마수들을 처단하고 세상을 구원하라!